微睡の月の皇子

微睡《まどろみ》の月《つき》の皇子《みこ》

かわい有美子《ゆみこ》

ILLUSTRATION：カゼキショウ

微睡の月の皇子

LYNX ROMANCE

CONTENTS

微睡の月の皇子

一章

Ⅰ

その日、天浮橋《あまのうきはし》に連なる天の大戸が、居並ぶ天《あま》つ神々の前で重々しく開けられた。

月夜見尊《つくよみのみこと》の陰に隠れるように控えた小柄な因幡彦《いなばのひこ》が、下界に続く長い長い天浮橋の様子に、ひっ…、と小さく息を吞《の》む。

大きな弧を描く反り橋が、雲海の上を幾重にも連なっており、徐々に下界へと降りてゆく。

雲間からは強い風が吹き上げ、両脇に下げて鬟《みずら》に結った月夜見の黒髪と、銀の宝冠から幾重にも下がった繊細な飾りとを煽《あお》り、しゃらしゃらと鳴らした。

気の小さな因幡彦はそんな飾りの揺れる音にさえ首をすくめ、じりと後ずさりする。

月夜見は肩を揺らし、哀れな因幡彦をほっそりしたその背に庇《かば》うように立ってやる。しかし、美しい顔からはすっかり血の気が引いており、夜毎《よごと》にその身から放つ光のように白かった。

はるか下方の葦原中《あしはらなか》つ国《くに》が、雲の間から切れ切れに見てとれる。地上では黒々とした無数のものが粟粒《あわつぶ》のように蠢《うごめ》き、風に乗って切れ切れにざわめくような音が聞こえてきて、血生臭く騒々しい下界の様子がそれと知れた。

これまで月夜見にとっては、映し鏡を通してしか見ることのなかった世界だ。

「葦原中つ国に降りられましても、御身《おんみ》、ご無事であらせられますよう」

太陽を司《つかさど》る姉、大日霊尊《おおひるめのみこと》の腹心である天児屋尊《あめのこやねのみこと》が、かたわらで高らかに声を上げる。

月夜見はそこで初めて、大日霊尊を振り返った。姉は神々の一番奥に立ち、いつものように表情ひとつ動かすことなく、弟神の高天原《たかまがはら》からの追放をただ眺めている。

明るく眩《まばゆ》いばかりの光に包まれた大日霊尊は、今日も刺繡《ししゅう》の施された艶《つや》やかな美しい絹の衣《ころも》を身にまとい、肩からは緋色《ひいろ》の領巾《ひれ》、首からはその太陽神としての力の証《あかし》でもある煌《きら》びやかな丸い鏡を下げている。

「姉上…、いえ、大日霊尊様には、これでお暇《いとま》申し上げます」

声をかけると、低く重い声が頭の中に響いた。

『さらばだ』

月夜見とよく似た美しい容貌《かお》は、別れの言葉を告げる際にも、やはりわずかたりとも動くことはなかった。

だが、頭の奥に直接に語りかけてくるその声を、月夜見同様に聞いたのだろう。他の神々は、大日霊尊の声を合図に皆、膝《ひざ》を折った。

月夜見はそれに会釈を返すと、大戸の向こう、天浮橋へと一歩を踏み出した。それにぴったりと寄り添うように、まだ少年の因幡彦がおそらく精一杯の勇気をふるってついてくる。

風がさらに強く月夜見の髪を煽る中、月夜見が最初の反り橋を半ばまで渡ったところで、さっきと同様の重い軋み音を立てて、背後で天の大戸が閉められたのがわかった。

「…っ！　皇子様っ！」

ひぃひぃと泣き声のような悲鳴を上げ、因幡彦は月夜見の衣の裾《すそ》を握りしめた。

「…行くしかないようだね」

見た目、十二、三の少年の因幡彦に、月夜見自身もかなり途方に暮れながらも声をかけて促す。

「私はっ…、私は皇子様にっ、皇子様にただお供いたしますっ」

精一杯声を張り、因幡彦は涙で潤んだ目で見上げてくる。

「ありがとう」

因幡彦の頭を撫《な》でた月夜見は、外からは初めて見る天の大戸を振り返る。

高天原から見てもはるか遠い空の上まで続く大戸は、扉の上辺が霞《かす》んで見えない。

外側からはけして開けることができず、また、内側からも高天原を治める大日霊尊の命《めい》がなければ、開けられることのない大戸だった。

神々の住む高天原と葦原中つ国を隔てるこの大戸が今日開けられたのは、罪人となった月夜見を葦

原中つ国に放逐するためだ。

少し前、月夜見の弟の須佐之男尊《すさのおのみこと》が高天原で乱暴狼藉《ろうぜき》を働き、これに腹を立てた大日霊尊が天岩戸《あまのいわと》に籠《こ》もってしまった。大日霊尊が姿を隠すと、高天原も葦原中つ国も真っ暗になってしまい、月夜見の司る夜の月と星の光以外、世を照らす物がなくなった。

世にはこれまで明るい光を怖《おそ》れて、表に出てこなかった禍《わざわい》が溢《あふ》れた。ただでさえ食料の乏しい葦原中つ国はそのために荒れ、田や畑は作物が取れずに人も獣も飢えた。

夜、自分の照らす光でその惨状を映し鏡に見た心やさしい月夜見は、非常に心を痛めた。考えた挙げ句、人々の飢え苦しむ様子を見かねた月夜見は高天原の神々の蔵を開けた。そして、世が暗くなっても飢えることのない神々の食料から、下界に通じるといわれる天の井戸を通し、葦原中つ国へといくらかを流してやった。

月夜見のまいた食べ物は小さな餅《もち》となって地上に降り、人間や獣達の餓えを癒《いや》した。

しかし、大日霊尊が天岩戸から出てくると、月夜見の罪は明らかとなった。

天つ神々の食料を大日霊尊の許可なく、人間達に勝手に分け与えた罪は重かった。それは天と地との理《ことわり》、不文律をおおいに犯すという。月夜見は神々の意志を代表した大日霊尊の命令で、高天原を追われることとなった。

葦原中つ国は、天つ神々にとっても降りたことのない混沌《こんとん》の地だ。獣や人間は始終争い、奪いあい、地上に住む国つ神は人々を顧みることなく互いの力を競いあって、好き勝手な理屈で生きている。常に血が流れ、人も獣も、神ですら、命を落とすような野蛮な国だった。

これまでに何度か、高天原から葦原中つ国の平定のために天つ神が遣わされたが、見事中つ国を平定した者はいない。それどころか、無事に戻った者すらいない。行くは可能だが、戻ることの不可能な国ともされていた。

唯一の例外は須佐之男尊だが、須佐之男は他とは桁違いの凄《すさ》まじい力を持った神だし、高天原から追われた立場なので、平定のために赴いたわけではない。今の月夜見のように、出ていくことを余儀なくされて、葦原中つ国へと下った。

そして、大日霊尊に挨拶がしたいという不思議な理由で戻ってきた男だ。それを許さぬと、あの時の姉は高天原の天つ神を集め、自ら戦闘準備をしてこれを迎え撃とうとした。

つまりは高天原を敵にまわすほどの覚悟がなければ、そして、須佐之男尊のようにたった一人きりで天つ神々の軍と渡りあえるほどの力がなければ、戻ることはできないということだろう。

「因幡、葦原中つ国は思っていたよりも遠いね」

月夜見は足場の悪い雲の上を少しずつ、時に因幡彦に手を貸しながら、天浮橋を降りて行く途中、思わず溜息《ためいき》交じりに呟《つぶや》いた。

「本当に…、どこまで続くのでしょう、この橋は…」

月夜見は姉の大日霊尊、弟の須佐之男尊と並び、高天原の三貴子とも呼ばれる天つ神々の中でも、もっとも尊いとされている。父伊耶那岐《いざなぎ》が黄泉《よみ》の国から戻り、汚れを落とすための禊《みそぎ》を行った際に、その右目、左目、鼻から直接に生まれた身だ。

「大日霊尊様も、何もここまで重い罰をくださらなくてもよいではないですか。月夜見尊様は人間達の飢えるのを見かねて、食料を分け与えられただけ。お心を痛められただけではないですか。他の神々は、月夜見様のようなお優しさや思いやりをお持ち合わせではないのでしょうか？　須佐之男尊様が大日霊尊様の機屋《はたや》に皮を引き剝《は》いだ馬を投げ入れたせいで、驚きのあまりに機織女《はたおりめ》が死んでしまった。だからこそ、大日霊尊様があれほどお怒りになり、天岩戸にお籠もりになったのでしょう？　そのために飢えた人間に食べ物をやるのが、それほどいけないことなのでしょうか？」

因幡彦は降りるに従い、大きくなってくる地上の争いや諍《いさか》い、咆哮《ほうこう》、呪詛《じゅそ》や怨嗟《えんさ》の声に身をすくませ、身を震わせて嘆く。

少年は高天原を追われた月夜見が、身のまわりの世話のために唯一連れてきた兎《うさぎ》の化身だった。

「須佐之男は確かに高天原の規律を乱した。だが須佐之男は、形《なり》こそあんなに大きく逞《たくま》しいが、中味はまるで子供なのだ。暴れるのも、子供が駄々をこねるようなものだ。死んだ機織女には申し訳ないが、須佐之男は機織女をからかおうとしただけで、死ぬとまでは思っていなかったのだろう。自分が山を投げ飛ばすほどの力がある分、他人への力加減を知らぬのだ。だが、私が乱したのはもっとこの世の成り立ちの根幹、高天原と葦原中つ国との理を乱すものだ。罪の重さが違う」

「私にはよくわかりません。大日霊尊様は月夜見様の直接の姉君ですのに。お顔や姿形も、こんなによく似ておいでなのに、気質はまったく異なっていらっしゃいます。あのお方は真実、慈悲の心をお持ちなのでしょうか？」

「姉君はもっとも強い意志と規律とを持って高天原を治めなければならないお方、時に情を捨て、天と地の理を毅然《きぜん》とした態度で守らねばならないお方。私とは、もともと立ち位置そのものが違うのだよ。悪く言ってはいけない」

月夜見は因幡彦をやさしく諫《いさ》めながら、長い時間をかけて下界まで降りていった。

ようやく葦原中つ国の地の上に降り立とうという頃、すでに時刻は午《ひる》を過ぎ、日もずいぶん傾いた夕刻近い時間となっていた。

あたりは薄曇りで、黒い木立がまばらに立つ原野にはうっすらと靄《もや》のようなものがかかっていた。丈高い葦《あし》やススキのせいで、視界も悪い。

「高天原に連なる場所だというのに、ここはずいぶん寂しいところにございますね」

「所々、沼が見えるね。これぐらいの天気でこれぐらいの場所の方が、誰にも見咎《みとが》められずによいのかもしれないよ」

雅やかな高天原の様子に比べれば、信じられないほどに寂しい荒野の様子を眺め、月夜見は高天原を出て初めて微笑《ほほえ》んだ。

月夜見の笑う様子に、ここへ来てようやく、因幡彦もほっとしたような様子を見せる。

「月夜見皇子《つくよみのみこ》様はいつでも、なんでも笑ってお許しになってしまわれます。お心の広いのも、考えものにございます」

可愛《かわい》い声で丸い頬《ほお》を膨らませ、どこか拗《す》ねた様子を見せるたった一人の幼い従者を哀れみながら、月夜見はその手を取り、ススキの途切れた草地にそっと足を下ろした。

しかし、月夜見の革の沓《くつ》が地面を踏んだ瞬間、それまで高天原から延々と続いていた天浮橋が、ふっと跡形もなくかき消えた。

「皇子様っ」

高天原へと戻る術《すべ》を完全に失ったと知り、因幡彦が甲高い声を上げる。

「…！」

これには月夜見も驚いて、ただ薄く灰色に曇った広い空を見上げた。そこには連なっていた雲の反り橋も何もなく、はたして雲の上に高天原があるのかすらわからない。

高天原を追われるということはこういう意味なのかと、しばらく月夜見は呆然《ぼうぜん》と広い空と荒野とを眺めていた。

「月夜見様…」

因幡彦が恐る恐るといった様子で声をかけてくるのに、月夜見は我に返る。

「行こうか、夜になる前にどこか宿を取れる場所を探さねばならない」

「このあたりに人家がありますでしょうか？　獣の姿もほとんど見えないような…」

月夜見についてススキ野原を歩きながら、因幡彦は荒野を渡る風に耳を澄ませる。

「ずいぶん名のある神と見えるが…」

ふいに背後からかかった声に二人は驚き、後ろを振り返った。

草叢《くさむら》の向こう、そこには恐ろしげな丹《に》に顔を赤く染めた若い男が一人、馬に跨《また》がって月夜見らの方を見下ろしていた。

胸まである長い黒髪は無造作に二つに分けて下げ結んであるだけだが、身につけている絹の衣や馬の飾り具などで、それなりの立場だとわかる。ことに絹の衣は、質こそ高天原で織られる布に比べれば劣るが、代わりに目を見張るほど鮮やかな紫色の染めだった。ここまで艶やかに染められた衣は、月夜見も見たことがない。

そして、頬骨の下から目尻《めじり》にかけて塗りつけられた丹は赤黒く、まるで肉を裂いたように恐ろしげに見えた。目鼻立ちのはっきりした、削《そ》いだように荒い輪郭を持った男で、顔立ちはそう悪くないのに妙に近寄りがたい空気をまとっている。こんな見るからに好戦的で荒々しい雰囲気を持つ青年は、月夜見はこれまで見たことがなかった。

弟の須佐之男ですら、普段はここまで触れれば切れるような物騒な雰囲気は漂わせていない。立っているだけで、鋭い抜き身の刃《やいば》のようにも見える若い男だった。

「いったい何者だ？　ここは我らが眷族《けんぞく》の治める土地ぞ」

馬上にあっても長身だとわかる男は、わずかに顎《あご》を上げ、まるで面白い獲物を見つけたとでもいうように目を細め、尋ねてきた。

低いが張りのある、よく通る声だった。狩りの途中なのか、馬の鞍《くら》には山鳥を二羽下げ、背中には矢筒を負っている。そして、腰には刀を佩《は》き、手には使い込んだ弓を持っていた。

「…あなたは？」

我らが眷族という口ぶりからして、おそらく荒ぶる国つ神の一人だろうと、月夜見は因幡彦を背に庇いながら尋ね返す。

「聞いているのは、俺だ」

男は、ニイッと唇の両端を引き上げて笑った。その大きな口許《くちもと》には、尖《とが》った犬歯が見える。それがいかにも、残忍そうだった。

「気がつけば、迷い込んでいた。ここがあなたの土地だとは知らなかった。荒らすつもりはない。すぐにも出てゆこう」

月夜見は侮られないよう、普段のやさしい話し方よりも声を硬く張り、会釈してみせた。

男は、ほう…、とばかりに肩をすくめる。

「邪魔をした。失礼する」

月夜見は丁寧な一礼をし、踵《きびす》を返した。

その目の前を、ヒョウッ…、と音を立てて黒い影が過ぎる。

振り返った月夜見は弓に矢をつがえた男を見て、鼻先ギリギリのところに矢が放たれたのだと知った。そして、同時に男の見事なまでの矢の腕も悟った。

「…因幡、見られぬように人型を解け」

月夜見は声を潜め、因幡彦に命じた。そして、小柄な因幡彦を男の目から隠すように前に立った。

月夜見の命令に応じ、因幡彦は白兎の形に戻る。

「俺は名を聞いたのだ」

やむを得ず、月夜見は名を名乗る。

「…月夜見」

「ツクヨミ？」

ほう…、とまた一つ頷《うなず》くと、男は馬の手綱を小さく引いた。

「初めて聞く名前だな。そこを動くな」

こちらに来るつもりなのだろう。ぬかるみと草叢をまわりこむために馬の頭《こうべ》をめぐらせた男を見て、月夜見は因幡彦に小さく命じた。

「因幡っ、逃げよ！」

叫ぶと同時に月夜見は因幡彦がさっきまで背負っていた背中の袋を拾い、走り出す。

兎の形となると、月夜見よりもはるかに素早い因幡彦が、月夜見の先に立って導いてくれる。

「皇子様っ、こちらです」

巧みに草叢に潜り込む因幡彦に導かれ、月夜見は懸命に荒野を走った。

湿地に、そして時には窪みに身を隠し、必死になって逃げる途中にも、因幡彦は小声で憤慨する。

「何なんでしょう？　あの無礼で野蛮極まりない男は！　皇子様にいきなり矢を射かけるなど！　当たったらどうなっていたかと思うと、ぞっとします」

「あえて、ギリギリのところを狙ったのだ。自分がそれだけの腕を持っていると、十分に知っているのだろう」

耳のいい因幡彦が男の気配を探る中、月夜見は沼地の水をすくい、ふっと吹いた。手にすくった水はかなり濃い靄となり、あたりを漂う。

「これなら、なんとか靄に紛れて逃げ切れそうです」

因幡彦の言葉通り、所々にある丈高い草叢と靄はうまく月夜見の姿を隠してくれたようで、すっかり日も西に傾いた頃、月夜見は男に追いつかれることなく、山辺に草屋根の一軒の家を見つけた。

狩人か何かの家らしき質素な家では、老婆が一人で火を焚《た》き、夕餉《ゆうげ》の支度をしていた。

「ごめんください」

表に向かって開いた入り口から、最初に家の中の老婆に声をかけたのは因幡彦だった。

老婆は子供の声に目を見開いて表に出てくると、月夜見の姿にさらに驚いたような顔を見せた。

「まぁ、いったい、どちらの殿御でしょう？　こんな粗末なあばら屋に…」

飛び抜けて身なりのいい月夜見がただものではないと思ったのか、老婆は慌てて質素な衣服を取り繕い、低い位置で結った髪を撫でつけた。

「急にお邪魔して申し訳ない。月夜見と申します。野で迷っているうちに日暮れも近くなり、困っているところです。一晩、宿を貸してもらえないでしょうか？」

「それは、まぁまぁ…」

困ったように老婆は顎に手をあてがって仄暗《ほのぐら》い家の中を振り返ったが、やがて、どうぞ…、と家の中を指し示した。

「長く住む私が言うのもなんですが、このあたりにはほとんど人家はないのでお困りでしょう。何もない家ですが、雨露ぐらいはしのげますので」

どうぞ、どうぞと人のよい老婆は、喉《のど》を潤すための白湯《さゆ》と足を洗うお湯を出してくれた。

地面を軽く掘り込み、竈《かまど》を設けただけの質素な家が珍しく、月夜見は招かれるまま、床の敷き藁《わら》の上に腰を下ろした。

「ご親切にどうもありがとうございます。助かりました」

因幡彦に手伝わせて手と足を洗いながら、月夜見は礼を言う。

「いえ、ちょうど死んだ息子と同じ年頃の方なので、あの子を思い出しまして」

「亡くなった？」

「ええ、一昨年《おととし》に風邪をこじらせまして、高い熱が続いたと思ったら、それきり…。頑丈なのが取り柄の子だと思ってましたが」

「それはお気の毒に」

いいえ、と老婆は首を横に振り、案じるような目を月夜見に向けた。

「さぞかし尊き身分のお方だとお察しいたしますが、このあたりは湿地も多い場所、よくぞここまで無事に抜けておいでになりました。これより先はもっと危険な沼地になります。水場が多く獣も捕《と》れますが、その分、夜はけして出歩いてはならない場所です。むさ苦しい家ではございますが、夜はここで休まれた方がよろしゅうございます」

老婆は二人の夕餉にと、焼米を取りだしたものに湯を注ぎ、塩と刻んだ青菜、干し肉を入れて、おそらく精一杯のもてなしをしてくれようとしていた。申し訳なさから、月夜見は因幡彦に命じて携えてきた米を礼に渡す。

そして、月夜見は米と塩とを持ち、かなり夕闇《ゆうやみ》に沈んだ家の外に出ると、その米と塩とを細い筋にして家の周囲に撒《ま》いた。

「月夜見様…」

清めの米と塩とで結界を張る月夜見について歩きながら、因幡彦は不安そうな声を出す。

「夜毎、こうして結界を張るわけにはいかぬが、今日はな…」

うっすら身体《からだ》から白い光を放ちはじめた月夜見は、結界の向こうからじっとこちらを見るいくつかの目を意識しながら答えた。月夜見の身体が放つ光に誘われ、闇の中で獣や鳥の騒ぐ声が聞こえる。

獣ばかりでなく、何か得体の知れぬものも、じっと闇の中からこちらを窺っている気配がしていた。

この地に住む、何かよからぬものなのか。

月夜見はあえてそれと目をあわさぬよう、米と塩とを撒き終えた。

「因幡彦、中へ」

月夜見は因幡彦を急《せ》かし、家の中に入った。

「どうぞ、食事の用意もできましたので…」

質素な木の椀《わん》に、湯でほぐした焼米をよそいながら振り返った老婆は、あっ…、と小さく声を上げる。

「あなた様はいったい、どういった…」

「こういう身体なのです、夜になると身の内から光を放つ…」

月夜見の肌から柔らかくこぼれるような光に、家の中が徐々にふわりと明るくなってゆく。

慌てて伏し拝もうとする老女を止め、月夜見は因幡彦に戸を固く閉ざすように命じた。その間もやさしい光は少しずつ強くなってゆき、家中を満たした。

「名のある神とはつゆ知らず、大変な粗相をいたしました」

「いいえ、本当に泊めていただかなければ途方に暮れていたところなのです」

頭を上げてくれと、月夜見は老婆の背中に手をかけた。それでもまだ胸の前で手を合わせながら、老女はおずおずと月夜見を見上げる。

「なにやら、先ほどとはお顔立ちが…、先ほどもご立派でしたが、今は本当に姫とも見まごうほどに麗しい…。それにこの甘い香りは…？」

「私は昼と夜とでは、少し気配が変わるのです。でも、あなたに害をなす、悪しきものではありません」

はい、はい…、と抗《あらが》うことなど思いもよらないのか、老婆はただ申し訳なさそうに頷いた。そして、不安そうに外の気配を窺う。

「今宵《こよい》はずいぶん、獣共が騒ぎます。何かあったのでしょうか？」

「おそらく、私のせいでしょう。さっき、結界を張ったので、この中には簡単には入って来れないはずですが、それでも、この身の光や匂《にお》いを嗅《か》ぎつけて、集まり来るのかもしれません。少々明るいかもしれませんが、私は不寝《ねず》の番をしますので、どうかいつも通りに休んでください」

せっかくの食事が冷めてしまうから、と月夜見は老婆を促し、心尽くしの食事を受けた。

もともと月夜見は、夜はいつも寝ずに過ごす身だ。夜通し、ここで親切な老婆や因幡彦の眠りを見守るつもりだった。

食事を終えると、月夜見は遠慮して家の中をなけなしの衣で仕切ろうとする老婆を手伝い、梁《はり》に縄をかけ、そこから老婆の衣を垂らした。ただ、それは隔てをおくものではなく、あまりに部屋が明るいと、老婆が寝つきにくいだろうと思ったためだ。

二人が寝静まったあとも、身の内からこぼれる白く柔らかな光で満たされた粗末な家の中に身を横たえ、月夜見は結界の向こうで騒ぐ獣達の声を聞いていた。

居所をくらますために結界を張ってみても、光は漏れる。けして眩《まばゆ》くて直視できぬほどの強い光ではないが、月の神の身からこぼれる光だ。多少の戸板や藁、茅《かや》、結界ぐらいでは遮りきることのできない光だった。そのただならぬ光に獣達が群れ騒ぐのか。

力を持った高天原の天つ神ですら、誰も戻ってこなかった未開の国、その地に降り立って初めての夜だった。

月夜見はまだまったく、この世界を知らない。

ただ、地上に降りてすぐに声をかけてきた若い荒ぶる国つ神、そして今、月夜見の気配を嗅ぎつけて群れ集う獣らを思うと、この先、自分を待ち受けるものもたやすく想像できる。

高天原を追われた時点で、もう命はつきたも同然なのかと、月夜見は深い深い溜息をつく。人間の手にかかってたやすく死ぬわけではないが、国つ神らが相手となると、月夜見も無事というわけにはいかない。これまで葦原中つ国の平定のために赴き、帰ってこなかった天つ神らも荒ぶる国つ神の手にかかって倒れたのだろう。

だが、同時に…、と月夜見は煙で燻された茅《かや》屋根を見上げた。

こうして一晩の宿を貸してくれる親切な老婆もいる。まったく救いがないわけでもない。

しかし、ここから先、どのようにすればいいのか見当もつかなかった。ただ、ここに留《とど》まり続ければ、獣ばかりでなく集まり来る悪しき鬼《もの》のためにこの親切な老婆にも迷惑がかかる。

月夜見は因幡彦が外してくれた枕許《まくらもと》の銀の櫛《くし》や宝冠、髪飾りを眺める。繊細な細工の施されたそれらの飾りは月夜見の身から放つ光を受け、柔らかく煌めいていた。

さて、これからどこへ行こうか…、と月夜見はまた一つ、深い溜息をついた。

翌朝、月夜見は朝餉《あさげ》の用意をしてくれた老女に丁寧に礼を述べた。そして、一晩の宿の礼にと、身につけていた見事な織りと刺繍の施された衣を差し出した。

「こんな貴重なもの、とてもとてもこんなあばら屋の宿代にはいただけません。それに障《さわ》りがなければ、貧しい家ではございますが、どうぞ今宵もくつろいでいってくださいませ」

慌てて首を振る老女に、月夜見は、いいえ…、と微笑んだ。

「私が考えていた以上に、昨日の晩、ここには様々な鬼《もの》が集まり来ていたようです。これ以上、この家に留まり続ければ、きっとご迷惑にもなりましょう。私は昨日、亡くなられた息子さんの代わりに泊めていただいた身です。その代わりと言ってはなんですが、これは息子さんがあなたに残したものとでも思っていただければ、私にとっても救いとなります」

それでも固辞する老婆に重ねて受け取るように説くと、代わりに…、と老婆は藍色《あいいろ》の男物の服を取りだした。

「息子めの着ていた服にございます。苧麻《からむし》という草で編んだ粗末なものにございますが、ここから先に進まれるには、これぐらいの衣類の方が目立たぬかもしれません。高価なものは、たちまち荒くれ者共に奪われてしまいますので」

絹ほどではないが、それなりにこなれた肌触りの服に、月夜見は感謝の言葉を述べて袖《そで》を通した。藍の衣は目は粗いが軽く、見た目よりも柔らかく肌に馴染《なじ》んだ。

そして老婆の勧めに従い、月夜見は宝冠を荷の中にしまい、銀の櫛と連なる飾りだけを髪に挿した。

外に顔を出した因幡彦が、どうも昨日来た野のあたりが騒がしいようです、と言って戻ってくる。

「ここいらを治める国つ神らかもしれません。若く美しい者と見ると、男も女も関係なしに力尽くでさらってゆく気性の荒い一族です。一刻も早く、ここをお立ちになった方がよろしゅうございます」

顔を強張《こわば》らせる老婆の言葉に、月夜見は昨日、ここは我らが眷族の治める土地と言った国つ神を思い出す。それこそ、一族で月夜見を追っているのかもしれない。

「この山の裏手をお行きください。沼地なので神々は足を踏み入れませんが、山に沿ってまわりこむよりもはるかに早くここを抜けられます」

老婆は沼地を抜ける目印の探し方、浅瀬の探し方を教えると共に、杖をくれた。

月夜見は重ねて親切な老婆に礼を言い、沼地へと足を踏み入れた。

Ⅱ

翌日の朝、部屋で朝餉を取っていた夜刀神《やとのかみ》は、兄神ら一族の男達が夜刀の館の前を通って騒々しく出かけてゆく気配に気づいた。馬のけたたましいいななきもさることながら、荒ぶる神々が高揚して騒ぐ様子は多少離れていてもわかる。

「兄君らか？　普段は日の上がるまで寝ているくせに、何だ？」

かたわらで給仕をする家人《けにん》の叢雲《むらくも》に尋ねると、少し聞いてまいります、と立って部屋を出てゆく。

屋敷の外で様子を見てきたのか、しばらくすると叢雲は戻ってきた。

「夜柄《やつか》様と夜峯《やみね》様が、皆様方と連れ立たれて野を探しにおいでになるそうです。何でも、ずいぶん見目麗しい獲物が野にいるとかで…」

「見目麗しい…？　どこかの迷い女《め》か？　朝っぱらから、大の男が何人も連れ立って、ご苦労なことだな」

暇人め…、と夜刀は毒づく。

何かと徒党を組んで、数にものをいわせて暴れる兄神らを、夜刀は軽蔑《けいべつ》している。向こうも夜刀を嫌っているのはわかるので、お互い様というところだ。

「ええ、昨日の宵の口、夜峯様と連れ立っておいでの錦尾《にしきお》様が偶然、山辺でお見かけになったらしく…」

叢雲の言葉に、夜刀は昨日の夕刻、靄の中で取り逃がした、ツクヨミと名乗った男を思い出す。麗しいというほどではなかったが、確かに見目形は悪くない若い男の神だった。

何よりも、このあたりでは見ないほど上品で麗々しいいでたちをしていた。供にはろくに刀も使えぬような子供が一人。まさに野盗に襲ってくれといわんばかりの格好だった。よほど高い立場にあった西の国つ神が、流れ流れてこのあたりまでやって来たのか。

それにしては、よくもここまで無事でいられたものだ。

「宵の口？　女だと言っていたか？」

「いえ、ただとんでもない上玉だと。風に乗って甘い芳香が香ってきたとか」

「芳香？」

ふーん…、と夜刀はしばらく顎に手をあてて考える。

「髪を結え、これを食べたらすぐに出かける」

夜刀は下ろした長い髪を結わえるように命じると、箸《はし》を急がせた。

「夜柄様と夜峯様に、待っていただくようにお願いしてまいりましょうか？」

「いや、兄上らとは出かけない。どうせ向こうも、俺を煙たく思ってるんだ」

言い終えると夜刀は箸を置き、夜着を脱ぎ捨てて、貝染の紫の衣に腕を通した。


昨日の宵の口に山辺で月夜見を見かけたとするなら…、と夜刀は荒野を目指した兄らからは先回りして馬を急がせ、山辺の奥の沼地を抜けた先へと向かった。

昼過ぎ、案の定、ツクヨミとその従者である少年が沼地を抜け、歩いてくる様子が見えた。杖を手にしているところを見ると、誰か沼地の抜け方を教えた者がいるのだろう。

ご親切なことだ…、と夜刀は目を細めると、二人の前に馬を進めた。

二人も夜刀に気づいたようで、ツクヨミは少年従者の肩を抱き、その背に庇うようにする。そして、咎めるような目で夜刀を見てきた。

ただ、昨日と違って身を隠すだけの草叢も靄もなく、後ろは沼地であることから、馬に跨った夜刀からは逃げられるとは思っていないようだ。

「昨日はうまく逃げおおせたな」

夜刀は二人のすぐ前まで馬を進めると、その行く手を塞《ふさ》ぐようにして声をかけた。

「俺の兄神らが、お前を探している。気性の荒い、欲望に忠実な連中だ。美しい相手と見ると、男女かまわず、見境なくさらって犯す」

夜刀の言葉に、ツクヨミはそのけぶるような細い眉《まゆ》をひそめた。

まだ年若いせいで、どこか青くこなれないような印象はあるが、これだけの美形だ。しかも、ただ顔形ばかりでなく、物腰や雰囲気が上品だった。目立って目を引く何か、飛び抜けた何かを持っているわけではないが、わずかに眉を寄せた様子にもたおやかさがある。

多少練れていなかろうが、年若だろうが、兄共にかかればただの獲物だ。よってたかって、気のすむまで散々に嬲り犯されるだけだ。

「幸か不幸か、俺は兄神達とはかなりの不仲だ。俺のものになるというなら、あの連中から守ってやる」

「あなたのもの？」

ツクヨミはやさしい声を、あえて低く作って尋ね返してくる。見くびられまいと思ってのことかもしれないが、そんな世慣れぬ様子がまたそそる。

「そうだ、この土地のものはすべて、我が眷族のものだ。迷い込んだという理由があろうが、踏みいった以上は、鳥も獣も人も皆、我ら眷族のものだ」

「それはあなた方の言い分だ」

理解できないとばかりに、ツクヨミは眉を寄せる。今度は涼しげな表情にも少しばかりの困惑が見えた。

「我らは我らの掟《おきて》によって、この地を治める。よそ者がそこに足を踏み入れた以上は、従うのが理ではないのか？」

夜刀の言い分に、ツクヨミは口をつぐむ。まだ責めるような目を向けてはいるが、夜刀がこの地を治める国つ神である以上、まったくそれに否を唱えるというわけではないらしい。

夜刀はそこで声を少しやわらげた。

「もちろん、俺は兄達のような真似《まね》はしない。お前は客人だ。屋敷に無理に踏み込むような輩《やから》からは守ってやるし、お前がその気にならないと言うのなら、何もしない」

そこまで言って、夜刀は耳を澄ます。

「急げ、山沿いに俺の兄共が大勢でまわりこんできている」

一族の男達が獲物を探して騒ぐ声が、山の斜面に響きはじめていた。もう、さほど時間もない。

ツクヨミもその気配に気づいたのだろう。背後の少年従者の肩を、そっとなだめるように撫でた。

「選べ、ここで兄やその取り巻きの下種《げす》な連中に十数人がかりで犯されるのがいいか、とりあえずは客人として俺の館に来るのがいいかだ」

いけませんとばかりに、ツクヨミの腕の中で涙ぐんだ子供が首を横に振る。

「言っておくが、あの連中に捕まれば、お前だけでなく、お前のその後ろに隠れているチビも間違いなく餌食《えじき》になるぞ」

夜刀は手にした弓を、軽く肩の上で弾ませながら声を投げた。

「こんな小さな子供にまで？」

すっとツクヨミの顔から血の気が引くのがわかる。

「ああ、いい余興にされるだろうな」

別に嘘《うそ》は言っていない。兄達は一度獲物とみなせば、子供だろうが何だろうが容赦なく犯す。

夜刀はこんな尻の青い子供に手を出す気はさらさらないが、猛《たけ》った男達にとってはいいおもちゃだろう。余興にするのか、嫌がるのを並べて無理に犯すかは知らないが、そういう真似を喜んでする連中だった。

それで相手が死のうが、二度と立って歩けなくなろうが、誰も顧みたりしない。この地の荒ぶる神にとっては、目についた獲物はとことんまで嬲り尽くす対象だった。

夜刀の言葉に、しばらく山に響く男達のいきり立った声との距離を測っていたツクヨミは、ひとつ頷いた。

「どうぞ、あなたの館へ…、お願いします」

夜刀はツクヨミの前に馬を進めると、鞍の上から腕を差し伸べた。

「急げ」

夜刀はツクヨミとその少年従者を馬の背に引っ張り上げると、兄らの声が迫ってくるのとは逆方向に走り出した。

月夜見を連れた夜刀は、兄やその取り巻きの神々の目につかぬようにやや遠回りして、夕刻近くに館に戻った。

上二人の兄とは別に設けた館は華美ではないが、それなりに大きな造りだ。館のまわりを土を突き固めた高い壁で囲い、中央には高く屋根を葺《ふ》いた正殿を設けてある。正殿の脇には、さらに脇殿、蔵、馬屋、使用人らの家と並んでいる。

西の職人らに作らせた館は鄙《ひな》には稀《まれ》な洗練された造りで、規模こそ夜柄や夜峯の館には及ばないが、中の調度品などはそれなりにゆかしく作らせた。

「少し休め、今、湯を運ばせる」

夜刀は迎えに出た叢雲に馬を渡し、連れ帰った二人を客人として扱うように命じる。

「正殿の東の間《ま》に通せ、しつらいを整えろ」

「整えるのはよろしゅうございますが…」

主《あるじ》の勝手には慣れた叢雲も、普段、夜刀が連れ帰らないような品のいい客に、かなり驚いたような顔を見せる。

「あちらはどちらの…？　衣はともかく、佇《たたず》まいや髪飾りなどはそこいらの者とは思えませんが」

「知らぬ、ツクヨミという名らしいが、この地に迷い込んだと言うばかりでそれ以上はまだ語らぬ。昨日はもっと見事な刺繍のある手の込んだ衣を身につけていたが、あれでは目立ってならぬと思ったか。佩いた太刀の飾りを見ても、それなりの立場の神だろうな」

夜刀が手を洗い、土に汚れた足を洗う間に、ツクヨミのいる東の間に冷ました麦湯を運んでいった叢雲が帰ってくる。

「ただいま、壁代を下げ、部屋を調えております。ツクヨミ様は月を読み見るという意味だそうで、あの子供の従者は因幡彦というそうですよ」

ふうん、と夜刀は唸《うな》る。

「あのチビ、身のまわりの世話には少々頼りない気もするが、名前だけはいっぱしのものだな。部屋が落ち着いたなら夕餉を運んでやれ」

「食事は一緒にされますか？　さすれば、お客人の褥《しとね》の用意もその間にできましょう」

「そうだな、色々聞いてみたいこともある」

山の端に西日がかかりかけた頃、叢雲が食事の用意ができたというので、夜刀は二人を自室に招くように言った。

「今日は危ないところを助けていただきました」

膳《ぜん》を前に、月夜見は頭を下げる。因幡彦もそのかたわらで、頭を下げる。

見た目の十二、三歳の頃にしてはかなり行儀よく躾けられていると、夜刀は因幡彦をちらりと眺めた。黒目がちで子供らしい顔つきだが、利口そうだ。

しかし、夜刀が恐ろしいのか、因幡彦は首をすくめてじわじわと月夜見の影に下がる。

「いや、兄上らに目をつけられたのは災難だったな。大事になる前でよかった。せっかく、縁あって我が館に来たのだ。ゆっくりしていくがいい」

夜刀は月夜見の盃《さかずき》に酒を満たし、勧める。

辞退するかと思った月夜見は、意外にも礼を言い、盃を空けた。

「この酒は濃厚で、ずいぶん美味《おい》しい」

「荒れ地だが、酒ばかりは美味《うま》い土地だ。このさらに北東の地に米のよく取れる地がある。そこの米を使って、温泉で蒸して酒にする」

その飲みぶりが気に入り、夜刀はさらに盃を勧める。

「温泉？」

「知らぬか？　地面から、勝手に湯が噴き出してくる場所が、このあたりには何ヶ所かあるのだ。湯の色は灰白色に濁っているが、傷や痛みにはよく効く。酒蔵と温泉が、俺の館の売りだ」

叢雲が軒の灯籠《とうろう》と、部屋の燭台《しょくだい》に火を灯《とも》してゆく。

最初、夜刀は部屋が明るいのは、その燭台の火のせいだと思った。今日は山の端の西日はひときわ赤く、夕映えもある。

しかし、目の前の男に視線を戻した時、その身の内から白々とした光がこぼれるのには、さすがに夜刀も目を見開いた。もともとつるりとした顔の男だったが、なめらかな薄い肌の内側から透けるようで、衣越しにもそのほっそりとした身体つきが見てとれる。

ふんわりとこれまで嗅いだこともない、甘い香りが鼻先をくすぐった。

風に乗って、甘い芳香が漂ってきたと大仰に言い立てていたという兄神達の話が、思い出された。

「…お前」

呟いた夜刀は、自分の方へと視線を流した月夜見のあまりの美しさに息を呑む。

二十歳前後だろうが、それにしてはまだどこか幼いようにも見えていた面立ちは印象が一転し、大人びて臈長《ろうた》けたものとなっている。伏せた睫毛《まつげ》は長く、見つめられれば息も止まるほどに深い眼差《まなざ》しは濡《ぬ》れたようだ。結い下げられた髪は黒く、柔らかい形をとった唇は赤く、妙齢の美女も太刀打ち出来ぬほどの美貌《びぼう》だった。

見目形の整った男は何人か見たことがあるが、ここまで匂やかに美しい男は見たこともない。視線が勝手に吸い寄せられ、すぐには言葉も出てこない。

「それは？」

男は夜刀の無遠慮な視線を避けるように、そっと床へ視線を落とす。そんな表情の逐一ですら、艶《なま》めいていた。

「私はこのように、夜になると光を放つ身体なのです」

わずかに首を折った月夜見の動きに連れ、しゃらりと首の水晶の飾りが鳴った。

「それは珍しい」

これは確かに兄らが騒ぐわけだと、夜刀は月夜見の衣から透いて見えるたおやかな身体の線を舐《な》めるように見る。

よくも昨日の晩、捕まえられずにいたものだ。捕まっていれば、それこそ足腰の立たなくなるまでに犯し抜かれていたことだろう。今頃、因幡彦共々、命があったかどうか。

「別に責めはしない。さっきとはまったく気配が違って見えるが…」

さぁ、もう一献《いっこん》…と、夜刀はひと膝にじり、酒器を差し出す。

月夜見は少し安心したのか、ふっと微笑むと、両手で盃を受けた。それがまた艶《つや》やかな笑みで、思わず目を奪われる。

月夜見の空けた盃に、夜刀はまた酒器をあてがう。

「お返しいたしましょう」

月夜見が干した盃を返杯しようとする仕種《しぐさ》に、むらりと来た。

夜刀は笑って、その細い腕をとらえる。

「返すというなら、その唇で返せ」

美貌の神は、まるで意味がわからないとでも言うように、夜刀の腕の中で目を見開いている。

夜刀はその細い頤《おとがい》を捕らえ、唇を重ねた。

「皇子様っ！」

因幡彦が背後で悲鳴を上げる。

「皇子？　皇子というと、西の大和《やまと》とやらの皇子なのか？」

葦原中つ国では、各地で勢力を持つ国つ神が争い合っている。西には大和、出雲《いずも》、熊襲《くまそ》などの強い力を持つ神々がいるとは聞いたが、その神々の息子なのか。それぞれが東、あるいは自領よりさらに西の国つ神らに、自分に従えと使いを送っているらしいが、前に来た使いは切って捨てた。

夜刀はまだ呆然と自分を見上げている男にさらに唇を重ね、長い舌先をその唇の間にこじいれた。舌先にまださっき飲み下したばかりの酒の味が残っている。ざらりと甘く温かな舌と上口蓋《こうがい》を舐め上げ、夜刀はにぃと笑った。

後ろで子供が何か半泣きで叫んでいるが、獲物の舌の美味さにまったく気にもならない。

「…何を？」

深く夜刀の胸の内に抱き込まれた月夜見は、夜刀に上唇をぺろりと舐められながら呟く。

「これだけの美貌だ、何も知らぬとは言わせぬ」

そこまで言ってようやく、月夜見は夜刀の言わんとしたことを理解したようだった。白い貌《かお》をうっすら染め、必死に夜刀の胸に腕をつく。

「まさか、本当に何も知らぬのか？」

夜刀はぐいと膝を押しやると、長い脚を月夜見の膝から腿《もも》へと絡め、その膝を崩してしまう。抵抗する相手を押さえつけるのには慣れている。そのまま腕を引くと、月夜見の身体はいともたやすく床に倒れた。

それだけで、争いごとには慣れていない相手だとわかってしまう。

「酒の興に、その麗しい顔で夜伽《よとぎ》をしてもらおうと言っている」

「何も手出しはしないと！」

抗うたおやかな身体の感触が跳ねるようで、なおも夜刀を楽しませる。

「言ったが、何だ？　甘い言葉や贈り物は、妻問いの常。理由は何であれ、黙って男の館についてきたのだ、それは妻問いに応じたも同じだ」

「ここでは、相手の意思にかかわらず、押さえつけて無理に添い遂げるのが常なのですか!?」

「そうだ、妻の略奪、夜這《よば》い、手籠《てご》め、野合…、あとで形さえ整えば何でもありだ」

昨日、泊まったところででも手に入れたらしき月夜見の質素な服に、夜刀はぐいと手を掛ける。力づくでは、絶対にこの男は自分にはかなわないと百も承知だ。

「略奪？」

「そうだ、気に入った相手は奪ってでもものにする」

「馬鹿《ばか》な！」

内に白く光を孕《はら》んだような、なめらかな肌が露《あら》わになる。

その時、月夜見の服を引き剝いだ夜刀の腕に、かたわらから子供が全力で食らいついてくる。

「やめてください！　月夜見様は尊きお方、このように扱ってよいお方ではないのです！」

必死で止めているのだろうが、夜刀はそれを片腕でなんなく振り払った。

「うるさい、小僧。引き裂くぞ」

夜刀が目の端で睨《ね》めつけると、床に転がった因幡彦はひぃ…、と小さく悲鳴を洩《も》らして縮み上がった。

「因幡！」

月夜見は声を上げた。

「因幡、お下がり！」

「皇子様…っ」

泣き声を上げる因幡彦に、夜刀によってはだけられた衣の胸許を押さえながら、月夜見はなおも命じる。

「下がれ、いいからっ」

月夜見の悲痛な声に、夜刀はそうだな、と唇の端をまくり上げた。

「下がってやれ、主が目の前で俺に手籠めにされるのを見たいというのでなければ」

「…皇子様」

「下がれッ、因幡っ！」

夜刀によって床に押し倒された月夜見は、さらに叫んだ。

「月夜見様っ、お許しください…、お許しください」

ひぃひぃと悲痛な泣き声を上げながら、因幡彦は部屋を駆けだしてゆく。

「賢明な判断だな。子供には刺激が強かろう」

白い胸許に手を差し入れながら、夜刀は嗤《わら》った。

「あなたを軽蔑します。それなりに名のある国つ神であろうはずを！　このような下賤な振る舞い！」

その手を押し返そうと暴れながら、月夜見は詰《なじ》る。

「軽蔑も何も、誘われてたやすく、見ず知らずの男の館にやってくる方も悪いだろうが」

暴れる月夜見の指が、夜刀の頬をかすめ、束ねていた髪が片方落ちる。

「もっと暴れろ、抗え。そして、俺の力を思い知れ」

夜刀は歯を剝《む》いて嗤った。ただ、諾々と犯されるような相手では面白くもない。

わざと腕の力をゆるめてやると、月夜見は身を捩《よじ》って逃げ、膳につく前に帯から解《と》いて床に置いてあった夜刀の刀に手をかけた。

「ほう…、それをどうする？」

夜刀が笑って月夜見の方へにじると、月夜見は刀を手にじりじりと壁際に後ずさる。

「それが使えるのか？」

鞘《さや》ごと刀を抱き、自らあとのない場所に下がってゆく月夜見に、夜刀は尋ねる。昨日の狩猟用の短いものではなく、今日のは三尺をはるかに超える大太刀だった。

「やってみろ、面白い」

夜刀は腕を伸ばして鞘をつかむと、ぐいと横に鞘を抜き、あえて刀を抜身にしてやった。

「あっ！」

抜身の大太刀を握らされた月夜見は声を上げ、震える手で何度も柄《つか》を握りしめる。

「そのまま、斬《き》りかかってきてみろ」

挑発された月夜見は薄く青ざめ、震えながらもなんとか刀を構えようとしていたが、結局抜身の刃《やいば》に戦意を喪失したのか、できずに刀を取り落とす。

「見事な銀造りの太刀を持っていたが、人を斬ったこともないのか」

おそらくないだろうとは思っていたが、自分が犯されようとしているこの状況でなお、せっかく握った刀を取り落とす男の不甲斐《ふがい》なさを夜刀はせせら笑った。

壁を背に、目を伏せる月夜見の苧麻の襟にぐいと手をかけ、両肩を剝き出しにしたところで、夜刀はふと手を止めた。

「おい、お前…」

そして、そのまま力尽くで月夜見の上半身を剝く。

「…男だよな？」

男にしては華奢《きゃしゃ》な身体つきが乱れた息に喘《あえ》いでいるが、その胸にはほんのかすかな隆起があるように見えた。

夜刀はやわらかな色味の乳暈《にゅううん》を、浅い胸の隆起ごと鷲摑《わしづか》みにする。

「…っ！」

月夜見は呻《うめ》きと共に夜刀の胸を肘《ひじ》で突き、さらに暴れる。つかんだ胸は硬く、ふくらみかけというほどの弾力もない。まだ小さな乳頭も硬く尖って、夜刀の手のひらをすべった。

身体をひねった月夜見の腰の帯を解き、夜刀は無理に下衣の中に手を差し入れた。

「…！」

完全に縮こまってはいるものの、確かに下帯越しには男性器がある。

この薄く光を宿す身体の加減か、と夜刀は笑い、強引に下肢から衣を抜き去る。細い脚が宙を掻いたが、夜刀はそれも膝を用いて力尽くで抑え込んだ。

「…っ！　無礼な…っ」

美しい黒髪が乱れ、髪に飾られた小さな銀の鈴が激しく音を立てるのにも興奮する。

夜刀は笑って上衣を二の腕まで引き剝ぎ、その袖で月夜見の両腕を後ろ手にくくった。

やはり胸は男にしては膨らんでいるように見えるものの、女にしては固すぎる。

後ろ手に両腕を拘束されても、なおも身体を伏して抗おうとする月夜見を背後から抱き、夜刀はその腰を隠す下帯の中へと手を差し入れた。一度、ぐったりとなりかけた月夜見の身体が、下肢に手を忍び入れた途端、また暴れ出す。

夜刀は手の甲で、ぱん、と月夜見の頰をはたいた。

「…っ」

強い力ではなかったが、怯《おび》えたのか、大きく目を見開いた月夜見は抵抗をやめて顔を背ける。

夜刀は長い脚を用いて、巧みに月夜見の両脚を後ろから割りながら、ゆるんだ下帯の中で小さく萎《な》えきったものを手の中に握りしめ、やわらかく撫でてやる。草叢は淡く、ほんの申し訳程度にしか恥部を隠していない。

荒い息と共に細い肩が喘ぐのが、なんとも艶《なま》めかしい。夜刀は低く笑って、その奥へと指を這わせた。

すくみ上がった袋が完全に小さくなってしまっているのを揉《も》み込み、さらにその奥へと指を這わせた夜刀は、不思議な湿り気と割れ目にその手を止めた。

顔を背ける月夜見の顔を覗《のぞ》き込むようにして、その不思議な箇所を上下にまさぐる。

つ…、と指を進めると強い抵抗があり、月夜見は息を詰めた。

「…お前」

夜刀は背後から抱いていた月夜見の身体を仰向《あおむ》けに返し、両脚を大きく割り開く。

「…！」

なんとか閉ざそうとする膝を強引に割り開き、その白くなめらかな脚の間に身体を入れた。

「…ぁ」

下帯を剝《は》ぎ、隠すものもない状態にして、灯火《ともしび》のもとに大きく上向きに開いた下肢を晒《さら》す。

しかし、かすかな灯火の元に晒すまでもなく、薄い恥毛に飾られた箇所にはほんのりと桃色を帯びた男性器と、丸みはあるものの、普通よりもはるかに控えめな無毛の陰嚢《いんのう》がある。

そして、その奥にはぴったりと口を閉ざした女性器があった。不思議な造りで、ふっくらと膨らみの浅い陰嚢の後ろあたりから、無毛の割れ目がある。

どちらも未成熟な印象だが、内側にぼうっと光の灯ったような身体では妙にはっきりとその形が浮き上がって見えて、逆に淫《みだ》らだ。

割れ目の後ろには、淡く蘇芳《すおう》色に色づいた蕾《つぼみ》が月夜見の呼吸に合わせてひっそりと息づいている。

それがまた上品な形と色合いで、ふるいつきたくなる。

「ふたなり…か？」

夜刀は信じられないような思いで呟いた。

確かに身体つきや、膨らんでいるともいえないほどわずかな胸の隆起、男女どちらともいえない細い腰の線など、裸に剝いてみればこの造りも納得出来るような曖昧《あいまい》なものだ。

話には聞いたことはあるが、こんな美しい男がこんな身体を持っているなどとは、思いもよらなかった。それとも、両性を身体に宿しているとでもいうのか…。

「どうなっている？」

両腿を腕尽くで大きく開かせたまま、夜刀はやさしい形に盛り上がった両壁を指先で割った。淡い桃色に濡れ光る粘膜の内側はまだ幼く、まるで幼女のような未熟な造りだ。ほんのわずかに口を開いた箇所は、とても男を受け入れられるようには見えない。

「お前、これ、月のものはあるのか？」

仰向けの月夜見の身体の上に覆いかぶさったまま、夜刀は尋ねた。

唇を嚙《か》みしめ、月夜見は返事をしない。

「返事をしないなら、無理矢理ここに突っ込むぞ」

夜刀はわずかに開いた膣口《ちつぐち》に強引に中指を押し入れようとする。ほんのわずかな湿り気はあるものの、突き立てた指はほとんど入らず、攣《つ》るような抵抗があった。

「痛《つ》っ…、痛いっ」

それまでほとんど悲鳴を上げることのなかった月夜見が高く悲鳴を上げたが、その悲鳴ももっともなほどの肉の狭さだ。

「どうなんだ？　月のものはあるのか、ないのか」

解けた下帯をわずかに腰のあたりにまとわりつかせた猥《みだ》りがましい姿で、月夜見は何度も首を横に振った。

「…ないのか」

そうだろうな…、という言葉を呑み込み、夜刀はさっきまでとは裏腹の慎重な手つきで何度か入り口をまさぐってやる。

だが、いっこうにほぐれる様子もなく、月夜見自身も身体を固くしたままだった。

ふうん…、と夜刀は月夜見の細い顎をとらえ、唇をあわせてその舌先を吸う。

身体を隅々まで見られ、月夜見はそれ以上、抗う気力も萎えたのか、されるがままに口腔《こうこう》を貪《むさぼ》られている。

「ならば今日は、男として可愛がってやる」

月夜見はうっすら涙を孕んだ睫毛越しに、夜刀を見上げた。

「初潮前の生娘を犯すのは、俺の信条に反する」

そんなものは兄神達で十分だと、夜刀は腕を伸ばし、棚に置いてあった小さな油膏《ゆこう》の壷《つぼ》を取る。

「力でかなわないと思うなら、俺の意に沿った方がお前も痛い思いをせずにすむぞ。暴れるというなら、それもいいがな」

夜刀の脅しに何を思うのか、月夜見は大きく開かれていた膝を合わせただけで、その場に身を伏せる。

その身体に寄り添うように背後から抱き、かすかに膨らんだ胸を揉み、乳暈ごと乳首を何度もつまみ上げてやると、うっすらと光を帯びた身体が汗ばんでくる。

汗ばんだせいか、匂いはさっきよりも濃厚になり、まるで花に包まれてでもいるような気分になった。

「これはこれで、悪くないな」

まだ快感とまではいかないのだろうが…、と夜刀はなされるままになっている月夜見の薄い胸を弄《もてあそ》んだ。手の内でほんのわずかずつ形を変える胸が、刺激に硬く尖っている。

夜刀は物馴《ものな》れない男の反応に満足しながら、薄い臀部《でんぶ》をまさぐり、壷からすくった油をたっぷりと両尻の合間に塗りつける。

これからの行為をはっきりと意識させるように、つかんだ両尻を卑猥な形にこねる。すでに猛々しい形となったものを尻の狭間《はざま》から太腿の間に差し入れ、塗った油膏のなめらかさに任せて、前後に腰を使ってやる。

油に濡れた白く瑞々《みずみず》しい臀部と内腿の感触はなんとも心地のいい温かさで、腰の動きも止まらなくなる。

「…あ」

自分の身体が性欲処理に使われることを意識してか、内腿を固く猛ったもので擦られるのが刺激になるのか、月夜見はかすかな声を上げる。

さっきとは少し趣の違う声だった。

「こうやって、目合《まぐわ》ったことはないか？」

腿に挟み込んだ猛ったものをゆっくりと動かしながら、蘇芳色の窄《すぼ》まりを何度も指先で撫で、夜刀は尋ねた。

月夜見は力なく首を振る。

「男同士は、ここで交わる」

円を描くように濡らしほぐした秘所に、つぷりと指先を沈めると、ん…っ、と月夜見は細い眉を寄せた。

「慣れれば、ここがたまらなくよくなる」

胸から下肢へと指をすべらせると、この美しい男もしだいに興奮しはじめたのか、股間《またま》のものが少しずつ形を変えはじめていた。

月夜見の耳朶《じだ》を噛み、舐めると、低く呻くような声が洩れる。

油膏に潤った狭い肉の中に何度も指を差し入れ、その細腰をほぐす。

「ああ、違う…、私は…」

口惜《くや》しげに月夜見が呻いた。

「ほら、ずいぶんほぐれてきた」

油膏が熱に溶け、泡立つような濡れた音がさかんに聞こえるようになると、夜刀は指を二本に増やした。

「あっ…、あぁ…」

両腕を後ろに拘束されて、ほとんど動けない月夜見は唇を噛み、首を横に振る。

夜刀はその身体を伏し、腰を高く掲げさせると、油に濡れた箇所に夜刀の猛りきったものをあてがう。

ぬらぬらと濃い蘇芳色に濡れた箇所さえもほんのりと光を帯びて、たまらない眺めだった。その下にはまだ幼い女性器が半ばまで口を開き、半ば勃《た》ち上がりかけた男性器がその向こうに見える。

「…ぁ…、うっ…」

まだほぐれきってはいない箇所に、猛々しい牡《おす》が押し入ってゆくと、うつ伏せで腰だけ抱かれた月夜見が苦しげに息を呑む。

だが、濡れた粘膜は熱く押し返すような弾力を持ち、少しずつ夜刀を受け入れてゆく。

狭い肉の感触を愉《たの》しみながら、ゆっくりと体重をかけるようにして沈めてゆくと、くくりあげられた月夜見の細い指が何かに縋《すが》ろうとするかのようによじれていた。

締め上げる肉の心地よさに、夜刀は低く笑った。

こんな美しい生き物を、夜刀の同族の男達に渡すなど、とんでもない。

この男を啼《な》かせるのは自分だけで十分だ。

どうしてここまで美しい清らかな神が、こんな地にまで流れてきたのか…。

Ⅲ

枕許で啜《すす》り泣く声に、月夜見はうっすらと目を開けた。

褥の周囲に薄い帳《とばり》を立てまわした見知らぬ部屋で、気の小さな少年従者が横たわる月夜見の隣に座り込み、ベソベソと泣いている。

「…因幡?」

かすれた声は思うように出なかったが、因幡彦は跳ねるように顔を上げた。

「月夜見様、月夜見様ぁ…」

また声を上げ、月夜見の衣に縋って、因幡彦はわんわんと泣き出す。

「お許しくださいませ、お許しくださいませ」

何を泣くのかと言いかけ、月夜見は昨日の夜の出来事を切れ切れに思い出す。

羞恥《しゅうち》と屈辱、憤りと嘆き、恐怖、その他の言葉にもできない種々の思いが蘇《よみがえ》り、ああ…、と月夜見は目を伏せた。

男は執拗《しつよう》で、信じられないほどに何度も一方的に月夜見の身体を犯し、舐め、貪った。途中からは痛みと苦しさとで意識も途切れがちで、ただ、ひたすらにこの凌辱《りょうじょく》が少しでも早く終わってくれるようにと祈っていた。

「怒ってはいない…、見知らぬ相手にみすみすついてきた私も愚かだったのだ」

「でも、あの男はっ！　月夜見様を下賤の輩のようにっ！　私だけ逃げ出して…っ、お許しくださいませ…」

涙にくれる因幡彦は、ひたすらに月夜見を置いて逃げた自分を責め続けているようだ。

高天原から追われるということは、こんな心折れるような辱《はずかし》めも込みということだったのだろうか。ならば、自分は天を追われるほどの罪というのを、十分に理解できていなかったのだろう。

これから先、この国で身の上に起こる出来事すべてが、月夜見の罪に対する贖《あがな》いになるというのか…、と月夜見はぼんやり考える。

「よい、私もあれ以上は見られたくなかった。下がってくれて、助かった…。気にするな」

月夜見は目を伏せる。その声に、因幡彦はまた子供っぽい泣き声を上げた。しばらくその声を聞いていた月夜見は、ふと重い瞼《まぶた》を開けた。

最後には崩れていた鬟も解けて、よく櫛の通った髪は枕の上に広がっている。身につけているのも引き剝がれた苧麻の衣ではなく、もう少し肌触りのよい絹の夜着のようだ。

「因幡、お前…、後始末をしてくれたのか？」

さすがに子供にそこまでさせるのはどうかと尋ねると、因幡彦は小さく首を横に振った。

「夜更けすぎにあの男が月夜見様を…、その時にはもう、お身体は浄められていて…」

野蛮極まりない野獣のような男だが、子供に情事の後始末をさせないだけの分別はあるのかと、月夜見は目を伏せる。ともかく今は、無理矢理奥まで押し開かれた身体が痛み、怠《だる》かった。

もともと高天原では神々の子作りの儀式はもっと神聖なもので、凌辱だの夜這いだのといった行為は、葦原中つ国での獣じみた振る舞いという意識がある。

なので、話には聞いたことはあったが、身体を使った交わりがあそこまで生々しいものだとは思っていなかった。

今も身体の奥深く、腰の奥の奥まで強く突かれ、揺さぶられ、熱い男の精を放たれた感触が残っている。両脚の間には、まだ男の太い欲望の杭《くい》が穿《うが》たれているような錯覚すら覚える。内腿を濡らされ、自らも男の手によって扱《しご》かれ、混乱のままにその手を白く汚した。

間違いなくここは男なのだな、と含み笑いと共にささやいたあの男の声が耳に残っている。

汗に濡れ、男の欲望のままに腰を高々と掲げられ、両脚を押し広げられ、身体を隅々まであますことなく暴かれたのは、昨日の晩が初めてだった。

自分の身体が普通とは異なることは知っていたが、月夜見はもともと高天原の神々の中でも三貴子と呼ばれる高位の神だった。これまでは一人で二つの性を満たす完全体であることに疑問を覚えたことはなかった。しかし、あの男の言い分では二つの性を持つ者はそれだけ淫らな身体で、男達の欲望を満たすために存在するかのようだった。

「因幡、これからどこに行こうか…」

どこに行くというあてもないまま、月夜見はぼんやりと呟く。

高天原を追われた身が、ただ、このように欲望で貪られるためだけにあるのなら、誰とも知らぬ者達に犯され、奪われて、最後は野の果てで獣にでも八つ裂きにされて食われて果てるのだろうか。

「どこに行くつもりだ？」

低くざらりとした響きのある声が、帳の向こうから響く。どこか傲慢《ごうまん》な響きさえある声の主は、すぐにわかった。

案の定、長身の夜刀が帳をまくり上げて入ってくる。

「月夜見様のお床《とこ》に何を⁉　無礼だぞ！」

因幡彦が精一杯の勇気をふるい、その小さな背中に横たわった月夜見を庇おうとする。

「ここは俺の館で、この男は昨日、俺の物となった。何か文句があるのか、チビ」

昨日はほどけていた長い髪を二つに結って下げ髪とした夜刀は、ぐいと因幡彦を脇へ押しやる。

「月夜見様は、誰のものでもない！　お前みたいな獣じみた男などに…！」

「ここではな、世間知らずは拐《かどわ》かされて、奴隷として売られても仕方がないのだぞ。グダグダ言うなら、お前も人買いに売り飛ばしてやろうか」

うるさい、とあしらう男は、残忍な形に目を細める。

今日は頬に丹を塗っていないせいか、まだ昨日のような獰猛《どうもう》な雰囲気はないが、それでも荒く削いだような輪郭は変わりない。整ってはいるが、それ以上に物騒な気配をまとった男だ。

「…ぁ」

昨日、散々に自分を蹂躙《じゅうりん》した男が平気で枕許に座るのに、月夜見は目を伏せ、顔を背けた。

伸びてきた指が月夜見の顎に手をかけ、無理に自分の方へと顔を振り向ける。

「…やはり、昼間は少し幼いような印象になるな。あの妖艶《ようえん》な顔は、夜だけのものか？」

ふぅん…、と遠慮のない視線が月夜見の顔をつくづく見ていたかと思うと、いきなり背中に腕をまわされ、ぐいと身体が起こされた。

「…ぁ」

「まぁ、いい。そういう二面性は悪くない。お前は、色んな意味で俺を驚かせる。あれだけの艶《なま》めかしさで男を知らぬというのも、新鮮でよかった」

夜刀は懐から出した小さな螺鈿《らでん》の小箱を、月夜見の手に握らせる。

「身体は痛むか？　傷はつけていないつもりだが、あとで何度か塗り込んでおけ。湯殿もいつでも使えるよう、家人の叢雲に言ってある。傷や痛みにはいい湯だ。好きに使え」

ずいぶんやさしげな声を出されたが、屈辱から握らされた小箱を押し返そうとする腕を、逆手に取られた。そのまま抱き寄せられたかと思うと、ぴったりと唇が重ねられる。

「…ん…、ふ…」

強引に割り入ってきた舌に、唇を押し開かれ、舌を絡めとられ、唾液《だえき》ごと強く吸われる。

律儀な因幡彦が男の背に縋りながら、やめてください、やめてくださいと、泣き声を上げ、その背中を拳で打っている。

だが、夜刀は平気なものだ。抵抗しようにも月夜見を抱き寄せる力が強すぎて、息も出来ない。しばらく口腔を貪られ、舌を吸い続けられると、やがて頭もぼうっと痺《しび》れたようになってくる。

「お前…」

散々に唇を貪ったあと、夜刀はぺろりと月夜見の唇を舐め、笑った。

「気に入った。ここに住め」

「…何を」

あまりに勝手な言い分に、とっさに月夜見も眉を寄せた。

「俺の兄神らに、お前がこの館にいるとばれたぞ。ここを出てもすぐに拉致《らち》されて、あいつらに輪姦《まわ》されるだけだ。お前のその身体、さぞかしあいつらを喜ばせるだろうな」

昨日の晩、つくづくと自分の両脚の間の入り組んだ造りを眺められた月夜見は、唇を噛み、顔を背ける。じわじわと赤く染まる頬が、自分でも許せなかった。

「言っておくが、幼女でも平気で慰みに二人がかりで前後から犯すような連中だ」

そこだけ真実、唾棄するように夜刀は顎を上げて言い捨てた。

「お前など、幾晩もかけて死ぬまで弄ばれるだけだ」

「そんなものっ」

背後で声を上げたのは、因幡彦だった。

「どこまで信じられるものかっ！　ここにいたって、踏み込まれれば一緒ではないか!!」

「ここには入らせぬ」

さっきまでとはうってかわった、ぞっとするような声で夜刀は答えた。

「この敷地に一歩でも脚を踏み込めば、それこそ奴らの身体は八つ裂きになるよう、結界と呪《しゅ》を施してある。奴らはそれを、身に沁みてよく知っている。一歩たりとも、入れるものか」

それが本性に近いのか、夜刀の大きな口から覗いた細い舌先がちらりと二つに割れていた。

「ここにいれば、俺がお前を守ってやる」

二つに割れた舌の先で、またちろりと月夜見の唇を舐め、夜刀は低く命じた。

二章

I

こらぁ…、と不穏な怒鳴り声が門の外から呼ばわるのが聞こえた。

遅い朝餉を取っていた夜刀は、わずかばかりに片眉を上げた。

「…を出せ！」

「寄越《よこ》せ！」

大挙して押しかけてきた男達が、次々と門の外で叫ぶ声が聞こえる。

「…うるさい連中だ」

湯をかけた干し米を箸で流し込み、夜刀は呟く。

「兄君様方ですね」

かたわらで給仕をしている叢雲が、夜刀の置いた飯椀に湯を注ぎながら応じる。

「昨日のうちに、月夜見がうちの館にいることが知れたようだからな。いずれ、何か言ってくるとは思っていた。ずいぶん、早かったな」

「あの通り美しい上に、このあたりでは見かけないぐらいに上品な方ですからね」

普段、夜刀の夜伽を務める相手についてどうこう評したことのない叢雲には珍しく、月夜見の他にはない魅力に言及する。

「ああ…」

月夜見は昨日は一日体調が思わしくないようで、伏せっていた。初めてでは精神的な落ち込みなどもあるのかもしれない。側づきの因幡彦が、懸命に世話を焼いていたようだ。

まだ、門の外でわぁわぁと騒いでいる兄達の声に、夜刀は器を置く。

「飯が不味《まず》くなるから、ちょっと片をつけてくる。お前、東の間に行って、気にする必要はないと声をかけてきてやれ」

「承知しました、表にはお供せずともよろしいでしょうか」

「それほどの相手ではないから、かまわぬ」

夜刀はニヤリと笑うと、大太刀を引き寄せ、鞘ごとひっさげて門へと向かった。

門の外には兄の取り巻き達が十数名、やいやいと騒ぎ立てていたが、夜刀が刀を手に出てきたのを見ると、上の兄二人以外の男達は押し黙る。

「朝っぱらから…」

夜刀は大太刀の鞘をトンと肩にかつぎ、その面々をいったん睨めつけると、ニヤリと笑いかけた。

「おそろいで何事かと」

何事も何も、夜刀の張った結界からこちらには踏み入れて来れないだけに、声を上げて騒いでいるのは承知だが、夜刀は鼻先でせせら笑ってやる。

「お前！」

一番上の兄の夜柄が、夜刀を正面切って指差してくる。

上背や肩まわりは夜刀よりもあるが、とにかく卑怯《ひきょう》で肝の小さい男だと、夜刀は目を眇《すが》める。兄貴風を吹かし、妙に威張り散らすところがあるが、肝心な時にはいつも逃げる。

「何事も何も、俺達が探していた獲物を横からかっさらっていっただろう？」

「さて、獲物とは？」

「甘い香りを漂わせる、鄙には稀《まれ》な美形だ！」

横から叫んだのは、二番目の兄の夜峯だった。髭《ひげ》を生やした、ニヤケた男だ。

「手に入れたは入れましたが、あれは兄君とは別に、俺が沼地で拾った者。どうこう言われる筋合いはありませぬ」

夜刀は横目に夜峯を流し見る。

「どうやって手に入れたにせよ、一の妻ではない者は一族皆の所有であるという習わしだ！　味を見たなら、さっさとこちらに寄越さぬか」

夜峯の言葉に、そうだ、そうだと仲間が同調する。寄越せ、俺にも抱かせろ、などという下卑た声も飛んだ。

「まだ、満足しておりませぬ」

夜刀は顎を上げ、平然と言ってのけた。力と戦いにおいては、夜刀は上の二人の兄をはるかにしのぐ。上の兄達ばかりでなく、一族の男達の中でも夜刀の戦いについての才や頭の切れは抜きんでていた。面と向かって渡りあえる者はいない。

長老達に一目置かれ、いずれは一族の長《おさ》となるだろうと言われているのも夜刀だ。

その分、兄達二人には夜刀は目の敵にされている。折に触れ、足を引っ張られる。館のまわりに結界を張ったのも、寝首をかかれるような真似をされたくないからだ。

「勝手を言うな！」

「昨日の晩は、さすがに我慢してやったがな！」

騒ぐ男達を前に、夜刀は肩にかついでいた鞘からずらりと大太刀を抜いた。

息を呑んで、がなっていた男達が後じさる。

「お断りいたします」

抜身の刀を手に、夜刀は結界の外へと出た。

「あれは俺が手に入れた者。お譲りするなどとは、ひと言も言っていないのに寄越せとは。どうしてもとおっしゃるのなら、お相手いたしましょう」

じりじりと夜刀と距離を置く者がいる中、夜峯が忌々《いまいま》しげに舌打ちした。

「調子に乗るなよ、夜刀。いつまでも自分のやりたいようにできると思うな」

「兄君こそ、大勢の力を借りねば言いたいことも言えないのですか？　俺が兄君の手をつけられた女を寄越せと申し上げたことが、一度たりともありましたか？」

ふん、と夜峯は顎を反らした。

「欲しい女がいれば、言えばよかったのだ」

「兄上のお下がりなぞ、お断りですよ。その代わり、俺のものにも手を出さないでいただきたい。出されるなら、その時には相応の覚悟を持って出された方がよいですよ」

夜刀は言い放ち、片頬を歪《ゆが》めた物騒な表情で兄の腰巾着となっている男達の顔を見まわした。

ざわざわと髪が根本から立ち上がり、持ち上がった髪の先がまるで蛇が首をもたげるようにぞろりと揺れだすと、誰も皆、夜刀から視線を逸《そ》らす。

目を吊り上げ、気を昂《たかぶ》らせた時の夜刀が、それこそ目が合ったという理由だけで、相手を八つ裂きにしかねないことを知っているからだろう。

「夜刀…、今日のところは一応帰ってやるがな」

夜刀の気配が剣呑《けんのん》なものになったのを見て、夜柄はゴホンと一つ、咳払《せきばら》いをした。

「いずれはその男、我らが手にいれようぞ」

「どうぞお帰りなさいませ、俺がおとなしくしているうちに」

長兄の言葉には何とも答えず、夜刀は兄の館のある方へと顎をしゃくった。

夜柄は忌々しげに夜刀を見たが、結局は夜峯に向かって目配せし、踵を返した。

それに他の男達がぞろぞろと続くのを一瞥した後、夜刀は大太刀を鞘にしまい、門の内へと戻る。

すると、どうやら柱の陰から外の様子を窺っていたらしい因幡彦と目が合った。

因幡彦は夜刀が目敏くその姿を見つけたとわかると、小さな悲鳴と共にきゅっと首を縮める。

「あいつらなら、もう帰ったぞ」

大太刀を肩に引っかけた夜刀が声をかけると、因幡彦は驚いたように目を見張り、身を翻してパタパタと逃げていった。

その背中を見送った夜刀はなんだか無性におかしくなって、ははっと声を上げて笑った。

月夜見が男共に引き渡されてしまうのではないかと、子供ながらに心配で見に来たのだろうか。

その忠誠心はあっぱれと思うべきなのだろうが、因幡彦の動きが何だか無性におかしくて、兄と顔をつきあわせて不愉快だった気分が吹っ飛んでいった。

男達が館の表で夜刀と揉めて帰っていったという報告を因幡彦に受けても、月夜見の顔は浮かないままだった。

他人と争ったことのない月夜見にとっては、自分を理由に男達が所有権を争いあう事態も信じられない。

しかもその所有権が、月夜見を欲望の対象にすることが前提なことが、さらに気分を悪くさせた。不愉快さと恐怖、夜刀に力ずくで身体を開かされた記憶などがせめぎ合って、どうしても胸の奥が重く塞がったようになる。

月夜見は身の置き所がなくて、部屋の隅で身体を丸めてしまう。

気分の塞いだ月夜見を案じてか、因幡彦が懸命に滑稽な話をしてくれようとするのに、なんとか無理に唇の両端を引き上げて笑ってみせる。

途中、叢雲がやってきて、しばらくは危ないので屋敷の外には出てくれるなと言い置いていった。

それも自分に須佐之男尊ほどの覇気と武勇があれば、そんな言葉ものともせずに表に出てゆけるのだろうかと、月夜見は目を伏せる。

気晴らしに、月夜見は髪に挿した銀の櫛を琴の形に変えてみる。しかし、館の外で自分の気配を窺う者がいると聞けば、いくらかかき鳴らしてみる気にもならず、結局、櫛の形に戻してしまう。

因幡彦に背を撫でられ、うとうとしているうちに夕刻になって、また叢雲が現れた。

「夜刀様が、どうぞあちらで食事を共にとおっしゃっておいでです」

「…気分がすぐれぬので、どうぞ今宵は…」

自分は必要ないが、因幡彦には夕餉を与えてほしいと頼むと、さほど時間を置かずして当の夜刀がやってきてしまう。

「気分がすぐれないと聞いたが」

目の前に勝手に腰を下ろす男を、月夜見はただ見つめる。

「栗を蒸したものはどうだ？」

本来は好物だが、今は口に入れたいとは思わなかった。

「果物なら食べられるのか？」

夜刀は月夜見の顎に手をかけ、尋ねてくる。

月夜見はせめてもの抵抗の証に、その手を押しやった。

「梨と蜜柑《みかん》、干し杏《あんず》がある。果物はどちらも汁気が多くて美味いし、干し杏はなかなかに甘酸っぱくていい」

ほどなく、夜刀の分の食事と共に蜜柑と梨を剝《む》いたもの、栗の蒸したもの、干し杏が叢雲によって運ばれてくる。食事をとらないと言ったので、月夜見のために別途用意されたものらしい。

叢雲は別室に食事の用意が出来ているからと、因幡彦を促した。

「私は月夜見様のお食事が終わるまで、ここに控えておりますゆえ」

断る因幡彦を、夜刀が一瞥する。

「いいから、子供はあっちへ行け」

うるさそうに手を振られ、因幡彦は泣きそうな顔になったものの、首を横に振った。

「行きませぬ。お側におります」

「ガタガタ抜かすと、お前だけ外へ放り出すぞ、チビ」

不穏な形に目を細める夜刀に、部屋まで押しかけてきて二人きりになろうとする男の意図を察し、月夜見は因幡彦に控えめに声をかける。

「因幡、お行き。私はいいから、温かいうちに用意された食事をいただいておいで」

叢雲も笑顔で因幡彦を促す。

「行きましょう、今日の栗は大粒で美味しゅうございますよ」

「でも…」

やはり夜刀がこんな時間にやってきたことを案じているのだろう。言葉を濁す因幡彦は、さぁ、と叢雲に背を押され、何度も月夜見を振り返りながら部屋を出ていった。

「お前、利口な上に、そんな顔でけっこう男気があるな」

夜刀は月夜見のすぐかたわらに片膝を立てて座ると、満足そうに結った月夜見の髪に触れてくる。

「自分の代わりに側使いの人間を差し出して、自分は許してくれっていう奴も少なくないのにな」

そんな状況を考えるのも嫌で、月夜見は眉をひそめた。

「そんな顔を見せるが、存外、そんな人間は少なくないのだぞ」

夜刀は剝いた梨を盛った器から、二切れほど皿に取り、月夜見の前に差し出す。

「食え。どんな暮らしをしてきたかは知らないが、ここでは食い物がある時に食わねばならないんだ。食べたい時に、いつでも食い物があるわけじゃないからな。少し前にはどうしたわけか、ずっと太陽が隠れてしまった時があって、あの時には何も食う物がなくなってしまった。どいつもこいつも、口に入るものなら何でもいいと、争いあって食べたんだ」

夜刀の言う、太陽が隠れてしまったという話やその原因、そして自分がこうしてこの男の前に座っている今の状況を思い、月夜見は眉を曇らせる。

月夜見も、あの時、人々が飢えるのを見ていられずに蔵を開いた。この男の言っていることは、けして間違ってはいない。だが、それとこの男が自分にした振る舞いとは別だ。

「さあ」

皿を押しつけられ、月夜見は白く透いた瑞々しい梨を眺める。日が傾きかけて、徐々に月夜見の身体からうっすらと光がこぼれはじめていた。その光を吸って、梨もこの上なく美味に見える。

「食わぬと言うなら、強引に口を開かせて押し込むぞ。それとも、口移しにでも食わせてやろうか」

叢雲が置いていった酒を手酌で呷りながら、夜刀はにやにやと月夜見を眺める。

この男なら本気でやりかねないと、月夜見はやむなく梨を口に運んだ。

歯ごたえはいいが、味がうまくわからない。青ざめた顔で梨を飲み下していると、すぐ隣で月夜見の髪に触れながら手酌で酒を飲んでいた夜刀が、顎や頬、耳許に戯《たわむ》れに唇を寄せてくる。

日が暮れるにつれ、徐々に身の内から発する光が強くなる。香りも強くなる。それでも頑なに目を伏せていた月夜見は、夜刀が視線を部屋の外へと向けていることに気づいた。

その視線の先へと目を向けると、館の塀を越えるほどの樫《かし》の大木がある。

「見ろ」

月夜見の肩を抱きながら、夜刀はその樫を顎で差した。

「この館を外から見張るだけでは飽き足らず、ああして木に登って覗いている者もいる」

なるほど、夜刀の言うとおり、樫の枝には男が二人登り、貼りつくようにしてこちらを見ていた。

「…何のために」

他人の家の中を外から覗き見る行為にぞっとして呟くと、夜刀は月夜見の顎を上向け、強引に口づける。

こんな行為に慣れているのだろう。唇を吸われて強く抗っても、男は月夜見の両の手首を片手に強く捕らえたまま、好きなように月夜見の口腔を貪った。

それこそ必死の抵抗を見せるとようやく月夜見を離し、男は笑った。

「俺が手に入れた男が、褥でどのように乱れるかを見たいからだろう」

「……下衆な。見る方も、それを承知で見せつける方も！」

それこそ、これまでしたこともない歯軋りをしたいような思いで夜刀を睨《にら》み、吐き捨てると、夜刀は唇の片端をにんまりと吊り上げ、月夜見を見ている。

殴られるかと思ったが、意外にも男は立ち上がった。

「なるほど」

そう言って、さっさと部屋を出ていったかと思うと、すぐに弓と矢を部屋からひっさげて戻ってきた。

それで何をするのかと思いきや、夜刀は何の前置きもなく、いきなり外の樫に向かって矢を射た。

あまりに急に矢を射かけられたせいだろう、枝に登っていた男の一人が枝からすべり落ちかける。

「…！」

月夜見はそんな夜刀のいきなりの動きに驚いた。

この前、鼻先ギリギリのところに矢を射られた時にも驚いたが、かなり遠い枝の、男の足許ギリギリのところを誤たずに狙った腕もたいしたものだ。

「…落ちれば、怪我《けが》をする」

先を争って樫から降りてゆく二人と、その様子を薄笑いを浮かべて見ている夜刀とを、月夜見は思わず見比べて言った。

「見られたくないと言ったのはお前だ。俺だって、自分の家を覗き見られて愉快なわけではない」

弓を肩にかつぎ、夜刀は横目に月夜見を見る。

少し慌てた様子で、叢雲が軒の御簾《みす》を下ろしにやってきた。どうやら、夜刀に命じられてやってきたらしい。

続いて別の者二名が御簾の内側の帳《とばり》を下ろし、帳のかかっていなかった場所には新たに帳をつけ下げる。

「明日から夕方になれば、御簾を下ろせ」

夜刀の命令に、承知しました…と三人は頷く。

最後に叢雲が月夜見の身の内からこぼれる光で十分明るい部屋に、儀式的に明かりを灯して出ていった。

「さて、これで見られる心配もなくなったぞ」

夜刀は手にした弓と矢筒を床に置き、月夜見のかたわらに膝をつく。

「明日のうちには、あの木のまわりにも結界を張ってやる。それでいいか?」

夜刀は月夜見の囓りかけた梨の載った皿に、さらにもう一切れ、梨を載せた。

「とりあえず、食え」

促され、月夜見は梨を口に運んだ。確かに汁気が多く、さっきよりは美味しく思えた。それにわずかばかり微笑んだ月夜見の頬を、夜刀が指の背で撫でる。

「果物は好きなようだな。蜜菓子などは好きか？」

蒸し栗を小刀で割り、月夜見の皿に載せながら夜刀は尋ねてくる。

「蜂の集めた蜜を餅に混ぜて揚げたものだ」

答えずにいると、蜜菓子が何かわからないと思ったのか、夜刀はつけ加えて説明する。

「酒は？」

夜刀が盃を差し出すのに月夜見は皿を置き、わずかばかり口をつけた。

そのまま抱き寄せられ、月夜見はそれ以上は抗う気にもなれず、目を伏せた。

夜刀がまだ手もつけていない膳を前に帯が解かれ、胸がはだけられる。

薄い胸に口づけられて、月夜見は低く呻いた。

満足げな笑いと共に唇を塞がれる。身体の線をまさぐられるのと共に、執拗に固い胸をこねるように揉まれた。

「ここも鴇《とき》色の上品な色をしている。お前はどこもかしこも、上品に出来てるな」

いじり回されるうちにふっくらと盛り上がった乳暈をつんと尖った乳頭ごと、指の腹で押し揉みながら、夜刀がささやく。

「…ぅ」

声を洩らすまいと唇を噛むが、おかしな感覚が下腹をぼうっと熱くしているのが妙に意識された。散々に月夜見の舌を吸った夜刀の唇が顎先から耳許、喉許を這う。鎖骨に歯を立てられ、ヒクリと身体が跳ねた。

うっすらと汗ばんだ鴇色の粘膜が、こねる指にまとわりつくように思えて、月夜見は必死で重なり合った下肢をずらそうとする。それをわかってか、夜刀はよけいに露骨に昂ったものを月夜見の内腿に押しつけ、自分の欲望を誇示してみせる。

「んっ…」

尖って上を向いた乳首を甘噛みされ、こらえきれない声が洩れる。

気がつくと下帯の中に潜り込んだ夜刀の手が、形を変えた月夜見自身を捕らえ、握りしめていた。

何とかその手から逃げようと身を捩ってみるが、逆にそれは焦る自分の不様さと、身体のうちに芽生えた生々しい欲望を意識させただけだった。

歪《ひず》んだ快感が、夜刀の手によってもたらされはじめる。

どうしてこんな欲望が、自分の中に生まれてくるのだろうと月夜見は喘いだ。

高天原では直接に知ることのなかった夜刀のような男達の獣性と、それに力尽くで押し倒される身であっても生じる仄暗い悦楽。

羨ましいぐらいに固く引きしまった夜刀の背中の筋肉のうねりと、肌越しに伝わってくる体温、汗にぬめる肌、生々しい熱…。

これがこの国で生きるということなのか…、と月夜見は髪についた鈴が床を転がる音を聞く。

怒りや羞恥、恐怖に悦楽…。高天原で、ただ地上を映すだけの映し鏡で見ていた時には、想像も出来なかったほどのいくつもの感覚が一時に押し寄せてきて、抗えないほどの大きな波に一気に呑み込まれ、もみくちゃにされたような気になる。

男の肩越し、眉を寄せて天井を仰いだ月夜見は、何のために自分がここにいるのか、軽い混乱を覚えていた。

Ⅱ

月夜見が夜刀の館にやってきて、ひと月ほどが過ぎた。湯殿の奥にある温泉に身を沈めていた月夜見は、外の廊をやってくる若々しい足取りに顔を上げた。

今はまだ夕暮れ前で、夜刀が帰ってくるには少し早い。

夜刀は二十歳後半の見た目のままに精力的な男で、日中はよく狩りに出かけている。山鳥や兎、大物だと鹿《しか》や猪《いのしし》なども狩って帰ってきた。

因幡彦に手伝わせて洗った髪を肩に下ろした月夜見は後ろの岩にもたれ、力尽くで身体を開かされた傷と痛みが癒えた数日後、夜刀が留守の間に館を出ようとした日のことを思い出す。

夜刀が月夜見の部屋を覗き見ていた男二人に矢を射かけた翌々日ぐらいだったろうか。

しかし、夜刀の言葉ではないが、館は常に遠巻きに見張られているようで、月夜見が門の外を窺っただけで不穏な気配があった。それから何度か因幡彦に門の外を探らせたが、やはり何人かの男達が遠くから館の様子を窺っているらしい。

夜刀の家人である叢雲に言わせると、夜刀の上の兄二人には二人なりの面子《メンツ》があり、月夜見を一族の男達に提供することを断った夜刀の判断は、その面子を大いに損なうのだという。

叢雲には、はっきりと言葉にして慰み者と言われたわけではない。

しかし、夜刀の館前に大勢で押しかけてきた一族を思うと、叢雲が夜刀が兄神らの体面を損なったという言葉は何を指すかはわかった。

かといって、二人の兄神は夜刀よりもさらに外道な振る舞いを当たり前のように行うようだ。いくら争いごとを好まない月夜見でも、そんな相手に自分から進んで捕まる気にはとてもなれない。

約束を破って自分を凌辱した夜刀を許せるわけではなかったが、それ以上に夜刀の一族の男達は怖ろしかった。ひと息に命を奪われるならまだしも、それこそ息の根が止まるまで、因幡彦もろとも何十人という男達に弄ばれるなど、考えたくもない。

今、館を出てはならないと横柄に命じた夜刀だけでなく、叢雲にも因幡彦にも館を出ることを止められた。先の親切な老婆の言葉もある。

自分のものになれという夜刀の意思に沿うわけではないし、いつまでもこの館に留まり続ける気もない。

だが、どこに行くというあてがない今はまだ、周囲の状況や葦原中つ国に住まう部族や国つ神々の勢力範囲などを、少しずつ叢雲を含めた館内の使用人達に尋ね、探りつつある状況だった。

高天原に戻れぬ以上、月夜見はこの葦原中つ国に馴染み、どうにかして生きてゆかねばならない。今のように、荒ぶる神に一方的に蹂躙されるばかりでは、生き抜けはしないだろう。

身のまわりの世話役として、月夜見の都合で高天原から連れて来た因幡彦もいる。何とかして、この地に根を下ろさねばならない。

それに加えて、月夜見は昼間はかなりの時間を微睡《まどろ》んで過ごす。夜に眠らない分、昼間は半ば眠っているような状態だ。

神の身なのでこの葦原中つ国に降りてきた日のようにずっと起きていられないわけではないが、やはり基本的に日中はうとうとと眠って過ごす。

なので、もし館を出るのなら昼よりも夜の方が動きやすいが、ほとぼりが収まらないことには安易に館を出ることもままならなかった。

夜刀は迷う様子もなく、湯殿を抜けてくる。

白っぽく濁った湯に腰まで浸かっていた月夜見は、ためらいもなくやってくる男の気配に慌てて肩まで湯に隠した。

途中、湯殿で着替えを横に控えていた因幡彦が何か咎めているのが聞こえたが、夜刀は短く言い返しただけで、月夜見が浸かっている外湯に顔を出した。

「どうだ、いい湯か？」

月夜見は男を見上げ、ただ頷く。

本来なら湯殿まで無断で踏み込んでくる非礼さを責めたいが、何分、ここは夜刀の館だ。

「館の中にこういう外湯があるのも悪くないだろう」

夜刀は外湯と、そこに浸かる月夜見を満足げに眺めて自慢してくる。

傷や冷えに効くという湯が、勝手に地面から湧《わ》き出してくる温泉は稀少だ。月夜見はこの葦原中つ国に来て、初めて見た。

大の大人が五、六人入っても余裕のある外湯は、一人で浸かるにはずいぶん贅沢《ぜいたく》だ。

まわりを石で囲った濁り湯は、館内の少し離れた石の間から湧いているらしい。

少し熱めの湯を石の樋《とい》を渡してここまで湯を引く間に、湯も適度に冷めて、浸かるのにちょうどいいぐらいの温度になる。

「この自然に湧く湯があるからこそ、俺はここに館を構えたのだ」

岩で囲った湯船の底は適度に足が沈む白い泥が沈殿しており、手ですくうとずいぶん肌理《きめ》が細かくしっとり重い。この泥が、傷ばかりでなく、皮膚の病気や関節の痛みなどによく効くのだという。木で囲った湯殿は、高天原でも見たが、こんな野趣溢れる外湯は初めてだ。

沈めた指先すら見えない白濁した湯面からは、常時白く湯気が立っている。熱すぎもせず、ぬるすぎもしない湯温は快適で、長くつかっていても湯あたりしない。そのくせ、じんわりと身体の芯《しん》から温まるので、気持ちがいい。かすかな硫黄臭はあるが、上がったあとまで強く肌に残るようなものでもない。

外湯の周囲には木が植わっており、冬場は風を防ぎ、夏場には涼しい影を作るのだと聞いた。

月夜見はこの湯が好きだった。夜刀が自慢するのもわかる。

石の間から湧き出る元湯は、調理場のあたりにも引かれており、料理や酒用の米を蒸すのに使っていると説明したのは夜刀だ。それも高天原では聞いたことのない手法で、珍しい。

「髪を洗ったのか？」

あいかわらず頬には怖ろしげな丹を塗りつけているが、妙に機嫌のよさそうな夜刀は月夜見のすぐかたわらまで降りてくると、膝をついて月夜見の濡れ髪に触れてくる。

「お前の髪は細いが豊かだな。それに、射干玉《ぬばたま》のように黒く美しい」

夜刀は満足そうに呟くと、濡れた髪をすくった手をそのまま湯に浸かった肩口のあたりまですべらせた。

「あいかわらず白いな。目が奪われる」

濡れた肩にそっと指を這わせる夜刀を、月夜見は黙って見る。

少し前から思っていたが、ここのところ夜刀はいつも機嫌がいい。最初の頃は完全に自分の意のままに従えといった様子で振る舞っていたが、あの頃とは様子が違う。

慌てた様子で夜刀を追ってきた因幡彦が、困ったような顔で湯殿脇で控えている。

「申し訳ありません、ご入浴中なのでとお伝えしたのですが…」

「…いい、こちらが世話になっている身だ。ここも夜刀殿の湯だ」

恐縮する少年に声をかけると、夜刀は自ら自分の髪を二つに下げ束ねた紐《ひも》をほどき、服の帯に手を掛ける。

「俺も入るぞ」

「えっ…」

一方的な宣言に驚いて声を上げたのは因幡彦だった。

「困ります、そんな…、月夜見様が上がられてからになさっては？」

「ここは俺の湯で、これだけ広い湯船だ。何だったら、お前も入るか、チビ」

「私はっ…！　私はご遠慮申し上げますから…っ」

真っ赤になって、すみません、すみません、と夜刀を制止できないことに何度も頭を下げる因幡彦に、月夜見は首を横に振る。

「いや、お前は下がっておいで。私もさほど置かずに出ようほどに」

言いかけた肩を、バネのある指で上からグッと押さえつけられる。

「お前はまだここにいろ」

夜刀は短く命じ、解いた帯を因幡彦の腕に投げた。

続いて首の飾りを取って、髪の飾り紐と共に因幡彦に投げ渡す。

「…あまり長く浸かると、のぼせるので」

機嫌を損ねるとひどく獰猛な気配になる夜刀に、月夜見は控えめに言った。

「言っちゃなんだが、この湯はそう簡単にのぼせるような湯ではないぞ。何だったら、チビ、お前、よく冷やした水を持ってきてやれ」

「そんな…、月夜見様に湯あたりで倒れられては困ります」

「だったら、そこの岩場に腰かけて涼んでいればいい。さっさと水を持ってこい。何なら叢雲に言って、特別に氷室から氷を削り出してきてもいいぞ、チビ」

因幡彦の抗議を、夜刀はなんなく封じる。

「細かく砕いた氷に柑橘《かんきつ》を混ぜた蜜をかけてな、湯に浸かりながら食すとずいぶん贅沢な気分になる」

ためらうこともなく服をさっさと脱ぎ捨てながら、夜刀は楽しげに月夜見の顔を覗き込んでくる。

因幡彦が非難混じりの目で夜刀を見たあと、その服を抱えながら申し訳なさそうに目を伏せるのに、月夜見は口許を小さく笑みの形に作り、咎めてはいないと首を横に振った。

夜刀という男は、ずいぶん精力的な男だ。温泉の蒸気を使って酒用の米を蒸すことを考えつくなど、頭は悪くないようだが、基本、深くもの煩いなどしないし、考え方も常に前向きでざっくばらんだ。その分、気が塞いで沈んだりすることもないらしい。

背が高くバネのある身体つきにも、それが表れている。肩幅は広く、身体そのものにまだ厚みはない若い男の体格だが、長い四肢にはそれを補ってあまりある強靭《きょうじん》さと力強さがある。

夜刀が長い髪を後ろへかきやり、下帯に手を掛けるのを見て因幡彦は慌てた様子で逃げ出す。

迷う様子もなく湯に足を踏み入れる男に、月夜見は半ば諦《あきら》めの吐息をついた。あまり長く浸かっていては、それこそ湯あたりすると、湯に隠し沈めていた半身を出そうとした。

そこへ長い夜刀の腕が絡みついてくる。

「明るいうちから、何を…」

「この時間はまだ、夜の妖艶さとは違って、どこか少年じみた気配もあるが…」

夜刀は自分のものとばかりに月夜見の身体を抱き込み、顎をとらえて鼻筋を寄せてくる。

「上品で可愛らしい色がいい」

あるかなきかのかすかな胸の隆起を満足げに撫でられ、月夜見は湯の中で身体を反らし、少しでも夜刀と距離を置こうとする。だが、基本的に体格も膂力《りょりょく》もかなわないので、夜刀を満足げに笑わせただけだった。

自分ではこれまでどうと思ったことのなかった身体でも、この男の目に晒されるとなんともいたたまれないような気持ちになる。

「んっ…」

男は月夜見の身体を長い腕に抱き込むようにして、なおも執拗に固く小さな胸を揉み、浅い桃色の乳暈をつまんだ。

節の高い指でそこだけゆるくつまむように幾度も揉まれていると、淡い色の乳暈も少しずつ赤く色づき、全体的にふっくらと盛り上がってくる。

おかしな気分になる自分が許せなくて、月夜見は夜刀の腕を押しやると、今度は夜刀もそれ以上は胸に触れずに、今度は胸から感じやすいわき腹、腰とやんわり撫でてくる。

「可愛いな」

呟かれ、月夜見は反射的に夜刀を睨んだが、どうもその目に力がこもらない。

最初が手籠めに近い形で始まったので、ただ、この地には珍しい身体だけが目当てなのかと思ったが、どうもこの男は月夜見自身を気に入っているようだ。まるで正式な妻《さい》にでもするように、花や甘く珍しい蜜菓子などをせっせと持ち帰ってくる。

この間は黒い漆に白銀の螺鈿をあしらった腕飾りをどこかから手に入れてきたらしく、こういう色味は好きか、お前の肌によく似合う…、と手を取って直接に腕に嵌《は》められた。

ひと目見て、このあたりにはないだろう高価なものだとわかる品だ。

どうやらこの男はただ月夜見の身体を弄びたいばかりではなく、満足げな表情を見たいらしい。

何を好きこのんで…、と思いながらも、最初の夜とは違って、普段はあっけらかんとしたこの男を憎めなかった。沈んでいても、夜刀の方で気にも留めないので、しだいに部屋に籠もって落ち込んでいる自分が馬鹿馬鹿しくなってくるようなところがある。

高天原ではここまで神々の関係は近しくない。須佐之男は月夜見や大日霊尊に対する好意をあけっぴろげに表現してくるが、それ以外の神達はもう少しよそよそしい。

姉の大日霊尊にいたっては、兄弟とも思えぬほどの他人行儀な関係だった。もっとも、大日霊尊に限っては、それは月夜見に対してだけではなく、須佐之男も含めたすべての天つ国の神に対し、等しく冷淡だった。

姉君はあの身体から照り映える輝く光とは裏腹に、言葉や態度は常に冷ややかだったと、月夜見は自分とよく似た姉の美しい容貌を思い出す。

母の伊耶那美《いざなみ》に会いたい、伊邪那美のいる黄泉の国に行きたいと泣き続けた須佐之男を、かつて大日霊尊は容赦なく高天原から追放した。

その後、何を思ったか、大日霊尊に会うために再び高天原に戻ろうとしていた須佐之男を簒奪者《さんだつしゃ》として迎え撃つため、大日霊尊は髪を鬟に結って、男性神として武装したことがある。

これまではもしや…としか考えたこともなく、姉に問いただしたこともなかったが、大日霊尊も月夜見と同じように男と女の二つの性を身体に宿しているのではないだろうか。

それともいっそ、性など超越してしまっているのか…、と月夜見は兄弟であっても遠い姉の存在を思った。

女性神の形は取っているが、月夜見とは逆にどちらの性も持っていないのかも知れない。

声を聞いても重く金属的で、男とも女ともつかない声だ。そもそも大日霊尊の声は、他の神々とは違って、直接に頭の中に響いてくる。あんな言葉の伝え方をするのは、大日霊尊だけだった。

ああそういえば…、と月夜見は目を伏せる。

あの時、道半ばであったが、須佐之男はどうやってか天浮橋を半ばまで上がってきた。月夜見の前では、地に降りるなりすうっと跡形もなく消えてしまった天浮橋をだ。

須佐之男の力も他の天つ神々とは桁違いなので、何をどうやったのかは知らない。とにかくやることなすこと破天荒で、大日霊尊や月夜見にとうてい理解できる力ではない。他の神々にも理解できない。

そのためにあの弟は無邪気な性質にもかかわらず、他の神々からひどく怖れられているのだと月夜見は思った。

高天原で絶対的な権威を持つ、姉の大日霊尊にすら…。

湯気にむせるような気がして、月夜見は胸を押さえて岩に手をかける。

「少し上がる」

「上がるというなら、そこに座って待っていろ」

湯の中から身体を起こした月夜見が岩に座るのに手を貸しながら、ふと下から顔を覗き込むようにした夜刀が笑いかけてきた。

こんなに月夜見にあれこれと毎日親しげに話しかけ、一挙手一投足に注文をつけてくるのは、この男ぐらいのものかもしれない。

「なぁ、笑え」

ふいに命じられ、苧麻で織った洗い布で下肢を隠すようにして岩場に座った月夜見は、面食らう。

「何を…」

しかし、あまりに屈託のない言葉で何とも無邪気に笑顔を乞う夜刀に、思わず笑ってしまう。

「よかった、笑えるじゃないか」

夜刀は濡れた手で月夜見の頬のあたりに触れてくる。

「俺が…あまりに力尽くで手籠めにしたから、ずっと塞いでいるのかと思った」

これまでにはない静かな口調で言う男に、月夜見も一瞬、言葉を失う。

人を押さえ付け、無理矢理犯したことに何の良心の呵責も覚えていないのかと思っていた。

それがこの葦原中つ国の掟なのだと言われれば、そうなのだろう。

ここでは略奪や夜這いも頻繁にあると聞く。そして、誰もそういう形で関係をはじめることに疑問がないのだと言われれば、それに馴染めずに強い抵抗を覚えてしまうのは、自分が高天原から来たせいなのかとも思った。

しばらく考え、月夜見は口を開いた。

「…許したわけではない」

それを聞いて、夜刀は少し黙って濁った湯面に視線を落としたあと、やがてニィッと笑って見せた。

「それでいい。お前の中に男を刻んだのは俺だ。忘れるな」

言葉ほど強くはない声で、夜刀は月夜見の膝に片腕を置いて唇に触れてくる。

締まった筋肉の乗った男の背中はしなやかで、月夜見はどこか息苦しいような気がして目を伏せた。

粗野だが、たまに垣間《かいま》見えるこの男の細やかなところは嫌いではない。

許したわけでないと言った月夜見に、どうして押し黙り、目を逸らしたりするのか。睦言《むつごと》にも聞こえるような強がりを言うのか。

「見せろ」

夜刀は欲望を孕んだ低くかすれた声で命じ、月夜見の膝に手を掛けて秘所を隠した布を押しやる。

「まだ明るい…」

力ではどうしてもこの男にかなわない。それでも抗う月夜見の膝を強引に開かせながら、髪を下ろした男は湯の中に膝をつき、両脚の間に顔を埋めてくる。

「ぁ…」

長さはそれなりにあるものの、夜刀に比べればはるかにほっそりした男性の象徴を口に含まれ、ぬめる粘膜の温かさに月夜見は思わず声を洩らした。

そのままいくらか口腔で吸い上げられ、なんとか声をこらえても、顎先は跳ね上がる。

「夜のお前も光のせいですべてが包み隠さず見えていいが…、日のあるうちは光を帯びない普通の身体に戻るのもいい」

赤みを帯びた月夜見のものからいったん口を離し、ゆるやかに全体を舌でちろちろと舐め上げながら、夜刀はなんとも牡めいた顔で月夜見を見上げてくる。

「あ、そんな真似…」

自分の光ではない日の光の下で、このようにあからさまに見られること、男性器を舐め含まれることが恥ずかしい。

兆《きざ》して脈打ちはじめたものは夜刀の口中でどんどん力を持ち、露骨に勃ち上がった。

「知らぬのか？　こうして可愛がってやるのだ。覚えろ。いずれ、お前にも俺をこうして口で可愛がってもらう」

「あ…」

そのような恥ずかしい真似は出来ないと思ったが、亀頭《きとう》に舌を絡め、吸い上げる夜刀の巧みな愛撫《あいぶ》には腰が勝手に落ち着かなく揺れはじめる。

先端を舌先でくじられると、あまりの心地よさに短く何度も声が洩れた。

食《は》まれていると思う。月夜見の男性の部分を、この男に貪られていると思う。そう思うとさらに腰の奥からうねるような快感が湧いて、ぬるりと何かが濡れた。

月夜見は荒い息の間で呻いた。

「目合《まぐわい》とはもっと、簡単なものではないのか…」

そもそも、これは単なる子作りとも違う。獣じみた快楽を引き出し、乱れるのは、生殖とは異なる頽廃《たいはい》的な行為だ。

「同じ目合うなら、互いに愉しむ方がいい。お前も俺を受けいれるばかりでなく、愉しめ。一方的に強い者が犯すばかりが、目合ではない」

月夜見の控えめな袋を揉み、その中の二つの丸みを手の内で弄びながら、なおも夜刀は熱心に月夜見を舐め食む。

「…んっ、んっ…」

上半身を反らし、胸を突き上げるようにして仰《の》け反《ぞ》る月夜見の頭を、冷水を取りにいかされた因幡彦のことがかすめる。

「因幡が…」

「乱れて悶《もだ》えるお前を見せてやれ。あいつもいつまでも子供ではないだろう」

「だめだ…、そんな…」

細い肩で喘ぐ月夜見は、自分を喉奥深くまで咥《くわ》え込んだ夜刀の頭に手をかけ、押しやろうとするが、うまく指に力が入らない。

気がつくと、夜刀は双球を弄ぶばかりでなく、その奥の秘めやかな谷間を押し開き、溢れた愛蜜で濡れた粘膜の入り口をゆるやかにまさぐっている。

「…ぁ」

また、つーっ…、と内側から熱いものが溢れる気がして、月夜見は声を洩らした。

どうなっているのかよくわからないが、ふわりと蕩《とろ》けるような感触と共に、肉壁が男の指に絡みついている気がする。それに、信じられないほど、両脚の間がぐっしょりと濡れているのがわかる。

一方で、夜刀の口中に含まれた肉茎は熱く脈打ち、先端から透明な雫《しずく》をこぼし続けている。それを舌先でくじるように吸い上げられると、息がつまるほどの快感だった。

「あ、…そこに触るな」

呻く月夜見の声は、まるで哀願しているようだ。

狭い女性器にはまだ夜刀の指の先端しか潜り込めないが、確かにその指の動きに呼応して、けなげにも肉壁は夜刀の指を喰《く》い締めている。

月夜見自身から口を離し、先端を親指の腹で丸く嬲るように弄《いじ》りながら、夜刀は甘く微笑んだ。

「お前は前も後ろも、すべて俺の物だ」

「お前の中の男と女、どちらを愛されたい？」

愛するの意味がわからず、また意思とは裏腹に夜刀の指の動きによって押し寄せる快感に翻弄《ほんろう》され、月夜見は涙混じりに喘ぐ。

「…男として」

屈辱的だが、答えないと一方的に幼すぎる女性器に押し入られそうだった。

それに夜刀の口淫《こういん》によって腰に熱くわだかまっているものを、少しでも早く放ちたいという欲求で腰も勝手に振れる。

「いいだろう、女陰《ほと》はまだ練れてない。よく濡れるがな。そのうち、こっちも俺の物にする」

「んっ…」

いきなり前置きもなく桃色の割れ目部分に舌先を這わされ、月夜見は悲鳴を上げた。男性器を握られたまま、押し広げられた肉襞《にくひだ》を舌先で舐め上げられている。その度、自分でも信じられないほどに何か熱いものが内側から溢れて夜刀の舌を濡らす。

それを音を立てて舐め啜られるのに、月夜見は羞恥から悲鳴を上げた。後ろの窄まりには股間を伝う愛液を、指先で丸く円を描くように塗り込められる。

さらに前の昂った男性器をこすり上げられ、一瞬、我を忘れて嬌声《きょうせい》を上げてしまう。

髪を振り乱した月夜見は、なけなしの理性をかき集めて訴えた。

「あっ…、因幡が戻ってきたら…」

「そのわりには、ずいぶん昂っているようだが…」

揶揄《やゆ》の言葉と共に、はりつめたものを猛々しい形の夜刀の剛直と共に握りしめられ、上下に揺らされる。それだけで喉奥から濡れた声がこぼれる。

「怖がるな。何も悪いことなど、していない」

「ん…」

細い腰を抱き寄せられ、月夜見は大きめの岩の上に腰を突き出すような卑猥な形でうつ伏せにされた。

「あ…」

女性器から溢れた愛液を、後ろの蕾に長い指と共に何度も執拗なまでに塗り込められる。

ここにきてひと月、何度となく夜刀を受け入れさせられた浅い蘇芳色の窄まりは、さほど抵抗もなく夜刀の指を呑み込んでゆく。

「ぁ…、あ…」

押し入られる動きには慣れたが、引き抜かれる時の感触がたまらず、月夜見は思わず腰をゆらめかせる。

「抜かれるのがいいのか？」

何度か扱いた自分の奮い立つ凶器を月夜見に意識させるように、濡れた白い尻の間に夜刀自身をはさまれ、からかうように前後させられる。

「んっ…、違…」

違う、という否定の言葉とは裏腹に、腰は夜刀の動きに呼応するように蠢いた。

「お前は身体の方が素直だ。こうして…」

膨れ上がった凶器を濡れた秘所にあてがわれ、ゆっくりと押し進められて、月夜見は啜り泣いた。

「…ぁ…ぅ…」

「悪いことはしていない。感じるままに声を上げればいい…」

細腰をつかまれ、ゆっくりと内部へと沈み込まれると、まるでずっと以前からこうしてきたかのように、ぴったりと身体が重なる。

「お前の中は熱いな」

気持ちいい、という呻きと共に抽挿されると、突き入れられた腰が少しでも夜刀を喰いとどめようとするかのように揺れた。

夜刀の手が伸び、月夜見の固い胸をまさぐっている。

「ここもずいぶん、けなげに尖ってるな」

背中に覆いかぶさる男に耳朶を甘噛みされながら、尖った乳頭をくじられ、月夜見は泣いて腰を振った。腰の奥へとより深く夜刀が沈むと、苦しいのか、気持ちいいのかがわからなくなってくる。

だが赤く熟れ、自分でもふっくらと膨れたように感じる乳暈の感触は夜刀を喜ばせ、強くつままれるたびに痺れるような快美感をもたらす。

「…んぅ…」

懸命に岩に縋り、背後から男に揺さぶられながら、月夜見は切れ切れの甘い声を上げた。

もう恥ずかしげもなく濡れそぼり、固く勃ち上がった前の茎に指を絡められ、先端に蜜を塗り込められるようにこすられると、背筋が強く攣《っ》り、腰が震える。

「あぅ…っ」

同時に前後を責められると堪えることもできず、月夜見は夜刀の指を白く汚した。

「ぅ…」

自分が味わった快感に混乱するあまり、月夜見は岩に伏したまま、涙を浮かべた。

「くそ…、締まる…」

夜刀は荒い息を弾ませ、よりいっそう深く月夜見の腰を抱き、分身を奥深くへとねじり込んでくる。

「達するほど、気持ちよかったのか？」

悪いことじゃないと、夜刀は月夜見の顎をねじり上げ、こぼした涙を舐めとる。

そのまま頬を男の唇がすべり、舌を甘く吸うように絡めとられた。立ち上る湯気のせいもあってか、頭の奥がぼうっと痺れてくると、突かれる腰の奥にまた信じられないほどの快美感が湧き上がってくる。

「んっ、んっ…」

自分でも信じられないほどに濡れた声が、喉奥から洩れる。

それでも、自分の放ったものが夜刀の手から滴るのが気になり、月夜見は喘ぎながら呟いた。

「…ぁ…、お湯が汚れ…」

いい…、と突き上げるように腰を使いながら、夜刀が呻いた。

「別にいい。そんなことぐらい…っ」

獣じみた荒い息をつく男の動きに身悶えながら、ああっ…、と月夜見は応えるように腰をくねらせた。

Ⅲ

秋も深まった黄昏《たそがれ》時、夜刀が狩りから帰ってくると、母屋からこれまで聴いたこともないような澄んだ音色が聞こえてきた。

琴の音だが、尋ねるまでもなく弾くのは月夜見だとわかる。六弦の琴を爪弾《つまはじ》くものはこのあたりにもいるが、音色はもっと陰鬱《いんうつ》としていて単調だ。こんなに軽やかで細かな音色を聴くのは初めてだった。あんな六弦の琴を、このように弾くことが出来るのかと逆に驚いた。

普段ならそのまま月夜見の部屋に足を向けるところを、夜刀は叢雲の運んできた湯で手脚を洗ったあとも、しばらく軒の下に座ってその不思議な音色に耳を傾けていた。

「月夜見様ですね」

蜜柑の絞ったものを漆器に入れて運んできた叢雲が、声をかけてくる。

「ああ…」

顎下に手をあてがい、やさしくもどこか寂しいような音色に聴き入っていた夜刀は、蜜柑の絞り汁を口に運びながら頷く。

「このような曲、初めて聞きました」

「琴を持っていたんだな」

最初、野原で見かけた時、そうたいした荷物を持っていたようにも見えなかったが…、と夜刀は呟く。

「琴…、お持ちでしたでしょうか？」

叢雲も首をひねる。

「これまで何度か、俺の留守の間に弾いていたのか？」

「いえ、今日が初めてですね。ちょうど、お戻りになる少し前からです」

ふうん、と器を飲み干した夜刀は立ち上がる。

「お渡りになりますか？」

「ああ」

曖昧な返事を残し、夜刀は二つに下げ分けて結った髪にいくらか櫛を通した。

「鬟をお直ししましょうか？」

声をかけてくる叢雲に、いや…、と言いかけた夜刀は身のまわりのものをしまった棚を顎で指す。

「そうだな、新しい紐に。先に金の飾りのついたものがあっただろう」

「承知しました。お着替えは？」

編んだ細い紫の紐の先に、細かな金の粒がいくつかつけられた飾り紐を取りだした叢雲はさらに尋ねてくる。

「いや…、それほどじゃない。いいから、早く結い直せ」

せっかちな性分のままに叢雲を急かすと、そんな夜刀の性格によく慣れた家人は承知しましたと涼しい顔で頭を下げる。

その間も爪の先で弾くようなやさしい琴の音は、短い切れ間をはさみながら続いている。

「お食事はあちらで？　今宵は昨日の山鳥を出汁《だし》に煮たものだそうです」

「ああ、運べ」

最後、結い直された髪を指先で梳《す》きながら立ち上がると、叢雲は夜刀様…、と声をかけてきた。

「何だ？」

「いえ、見事な男ぶりでございます」

「当たり前だ」

従者の言葉に、夜刀は短く言い捨てた。

叢雲の滅多にない軽口を聞き流し、夜刀はまだ琴の音の聞こえてくる東の間に足を運んだ。

日の沈むのが早くなったせいか、すでに時刻は日の入りに近い。そのせいか、月夜見の部屋は灯《あか》りもないのにうっすらと白い光が満ち始めていた。

白い月夜見の横顔は、すでに神々しさに満ちており、あたりには甘い馥郁《ふくいく》とした香りが漂う。

月夜見がこちらに顔を振り向けるより先に、夜刀の足音を聞きつけてか、因幡彦がいつものように非難するような顔を振り向けてくる。

なかなか自分には慣れないチビだと思いながらも、因幡彦は月夜見の身のまわりの世話をすることにかけては一生懸命なので、夜刀はそんな非難がましい視線を無視した。

夜刀の訪れに気がついたのか、月夜見は手を止め、ちらりとこちらを見上げてくる。

「…琴か？」

「ああ」

かたわらへ琴をどけようとする月夜見に、夜刀はそのままでいいと声をかける。

「そんな雅な楽器など、持っていたんだな」

けして小さなものではないのにと、因幡彦の背丈と同じくらいはある細長い六弦の楽器を眺める。

胴は銀、柱《じ》は象牙《ぞうげ》、張られた絃《げん》は金の糸だった。側面には見たこともない細やかな彫刻が施されている。

見れば見るほど、凝った細工の見事な琴だった。これだけで蔵が一つ、二つは建ちそうだ。

「これは…」

月夜見は少し悪戯《いたずら》っぽい目を見せると、膝の上に乗せていた琴をそっと手で撫でる。

すると、みるみる膝の上の琴は縮んで、月夜見の手の中でいつも月夜見が髪に挿している銀の櫛となった。

「ほう…」

夜刀は月夜見のすぐ隣に腰を下ろし、思わず唸る。

月夜見はさらに手の中の櫛を撫で、もとの琴の形へと転じてみせた。

不思議な術を使うものだと感心する。

それとも楽をよくする男とは、このように面白い技に長けているのだろうか。生きて食べるため、争いに勝つためには、まったく役に立ちそうにない術だが…。

「そんな美しい曲は初めて聴いた。ここまで高くて細い音も出るものなのだな。もっと低くてつまらん音しか聴いたことがなかった」

「糸の押さえ方にもよる。こう、短く押さえてやると、高い音が出る。軽く弾くと、音は軽やかに…、そのまま短く軽やかな音でかき鳴らしてやると、曲もやさしく楽しげになってゆく」

こう…、とうつむいて実際に奏じてくれる月夜見の白い頬にかかった黒髪を、夜刀は指先でかき上げてみる。

「いい、そのまま続けろ。もう少し聴いていたい」

ちらりと視線を投げて寄越した月夜見に声をかけると、佳人はそのまま指を動かして、二曲、三曲と弾いてくれた。

そこへ叢雲が膳の上に山鳥と野菜を煮炊きしたもの、白米などを乗せて運んでくる。

そして、今さら部屋に灯りのないことに驚いたような顔を見せ、膳を置くと燭台に火を入れた。

月夜見の身体からぼうっと発する光で部屋が明るいためか、因幡彦も特に指示がなければ火を灯す習慣がないらしい。

「ここしばらく月が出なくて、これは何か不吉の証ではないかと一族のものが騒いでいる。以前にも、長く太陽が隠れてしまったことがあったからな」

月夜見は瞳を伏せ、夜刀の言葉にどこか憂うような顔となる。

「だが、お前がその身から放つ光でこの館の中を照らし、こうして天女もかくやというような曲を奏でてくれるなら、そう不吉もあるまい」

叢雲が続いて酒を運んでくるのを横目に眺めながら、夜刀は月夜見のほっそりした肩の辺りにそっと顎を乗せ掛けた。

因幡彦が目の端で睨み、そっぽをむくのを無視して、月夜見の身体を演奏の邪魔とならぬように背中からやわらかく抱く。

うっとりするような香りは、いつ嗅いでも強すぎず、甘すぎず、さして風流なものに縁のない夜刀であってもいい気分になる。

夕餉も酒も運ばれてきたためか、演奏の手を止めた月夜見に叢雲が手をついて頭を下げる。

「冷めないうちに、どうぞ」

「ありがとう」

月夜見が琴を元の櫛の形に戻し、やわらかな笑みを浮かべて頷いた。これまで夜刀が館に連れ帰った見目好《よ》い女や男達を知る叢雲も、少し目を奪われたように見入る。

何となくそれが面白くなくて、月夜見の背中にまわった夜刀は、月夜見が下げ蔓に結った髪を手に取り、そっと自分の口許に押しあてた。

牽制する主の視線を感じてか、叢雲は慌てて視線を下げ、夜刀の不興を買わないうちにさっさと部屋を下がってゆく。

「いい匂いだ」

まだ湯気の立っている器を眺め、櫛をいつものように髪に挿した月夜見は、ちらりと夜刀を振り返った。

「味はさっぱりしているが、山鳥の旨味《うまみ》が十分に出ていて美味い。身体も温まるし、精もつく。しっかり食え」

言葉とは裏腹に、背中からその細腰を抱き、月夜見の白いうなじや耳許に口づけ、手を取って戯れかかりながら夜刀は促した。

「冬に向けて…か？」

「それもあるが…、お前はしっかり食べて栄養をつけ、俺の子供を産むんだ」

「…子供？」

月夜見は不思議そうに夜刀を見た。

「そうだ、お前は俺の子供を産む」

やわらかく馥郁とした香りのする耳朶を甘嚙みしながら、夜刀は低くささやき込む。最近は月夜見も夜刀の愛撫に馴染んできているせいだろう。腕の中で華奢な背中がたわんだ。

「こんな痩せた身体でどうする」

生意気にも因幡彦が当てつけがましく咳払いするが、夜刀は平然とそれを無視した。

「子を産んで初めて、お前は生まれた子供共々、真実、俺の物となる。俺はその子供とお前を家族として、何に代えても守ろう」

夜刀は自分の筋張った手の中に収まる月夜見の手に指を絡め、なおもささやく。

「家族？」

「そうだ、俺とお前は番《つがい》となって、この館に永遠《とわ》に住む。お前が俺を愛し、俺の子供を産むというのなら、俺は妻はお前ただ一人と決めよう。お前が夫と呼ぶのも、これから先、俺一人だ」

夜刀は月夜見がこの館にやってくるまでは、とても考えたこともなかった提案をする。

基本、この葦原中つ国では力を持つ男は、何人も妻や妾《しょう》を娶《めと》る。それによって妻らの縁戚《えんせき》とも関係を持てるし、生まれる子供の数は多くとも、病や怪我で成人できるまでに命を落とす者も多い。その分、子供を産む女は多ければ多いほどいい。

一の妻以外の妾や男妾は一族の共有物だという夜刀の兄らの考え方も、ここから来ている。見た目に美しい女や男を親族にあてがい、より結束を強固にしようというものだ。特に自分の部族ではない者、よそから攫ってきた男や女は、ことさらそうやって皆で共用するものだという意識があった。

もちろん、すべての男が何人もの妻や妾を望めるわけではない。何人もの妻や家族を養える力のある者だけが、子孫をより多く残せるという仕組みだ。

なので、上の兄二人をしのいで一族の次をになうといわれるほどの力を持つ夜刀が、妻をたった一人と定め、その妻の子供だけを守るというのは、普通ではとても考えられない話だ。

たった一人の妻と定めた相手に子供を産ませるというのは、男にとっては所有の証であると同時に、最大限の愛情表現でもあった。

むろん、この申し出を月夜見に断られることなど、考えてもいない。

この男に出来るのは、夜刀の求愛を受け入れることだけだ。それまでは夜刀なしでいられなくなるほどに愛情を注ぎ、この身体にもそれを十二分にわからせる。男としても十分に愛し、慈しんでいるが、女としても愛し、月夜見のすべてを自分のものとするつもりだった。

「一部、女としての形を宿していても、私は完全な女性体ではないので、おそらく普通の女のようにして子供は産めないだろう」

夜刀ほどの熱っぽさはない涼しげな声で、月夜見はつれなくも小さく笑う。

「私の住んでいた国では、神は人間のような子作りはしないのだ。私も父が禊をした際、その右目から生まれた。我が姉は剣を嚙み砕いて女神を、我が弟は玉を食い千切って男の神を生んだ。そう簡単なことではないから、生めといわれても生めるものでもない」

だが、伏せた睫毛はしっとりと濡れたようで、澄んだ声はやさしく、言葉ほどの情のなさは感じられない。この男のこんなところが好きだ。

怒ることはあるのだろうが、そして、確かに夜刀に対して当初は腹を立てていたのだろうが、完全な拒絶にはならない。抱いた身体を通して、やわらかく受けとめられているような気がする。

そのくせ、愛人面で何かをねだるわけでもない。自分を愛せとか、大事にしろというわけでもない。

引き留めなければ、そして、月夜見を我が物にしようと狙う兄神達が館の様子を窺っていなければ、本当にふいと館を出て行ってしまいそうな気がする。

それがどんな男や女とも異なって、知れば知るほど夜刀は惹《ひ》きつけられた。

「まぁ、確かにお前は変わっているから、それだけのことをやってのける力はあるかもしれんな。だが、男としてのお前の清童を奪ったのは、俺だ。お前を女にするのも、俺だ。じっくり時間をかけてでも、俺がお前に男としても、女としても悦《よろこ》びを教えてやる」

夜刀の言い分をどう思ったのか、月夜見は声を立てずに小さく笑った。馬鹿にされているわけではないが、まともには取り合われていない。

「だが、お前、最近、俺が可愛がってやっているせいか、反応も悪くないぞ。よく濡れるし、よく啼く」

さすがにそこまでからかわれてはどうかと思ったのか、月夜見は夜刀の手をゆっくり押しやる。

普段なら情人には逆らうことを許さず、徹底服従を誓わせる夜刀だが、今日はそんな態度にも機嫌を損じなかった。

逆にそんな月夜見の身体をさらに深く背中から抱き、崩れた膝に自分の脚を絡めて逃げられないようにしてから、因幡彦に命じる。

「おい、チビ。主に山鳥の碗《わん》と箸とを取ってやれ。冷めないうちにな」

因幡彦は忌々しげな顔を見せたが、主人を夜刀の腕の中に抱き込まれていては逆らいようがないのか、おとなしく膳を月夜見の前に寄せ、碗を取って差し出した。

夜刀は戯れに月夜見の手にその碗を取らせ、右の手には箸を握らせる。

「もう少しすれば、冬に向けて鹿を狩る」

「鹿？」

「そうだ、このあたりは冬が長く、厳しいからな。鹿の肉はやわらかい上、くせや匂いがなくて美味い。滋養もある。多めに獲《と》って肉を干したり、塩漬けにしたりして、冬に備える。雪が降るとあたりは積もった雪で閉ざされて、獣もいなくなってしまう。だから、兎や狐の皮を剝いで、その毛皮を褥に敷く」

皮を剝いでと言ったあたりで、因幡彦がひっ…、と小さく声を洩らして首をすくめるのに、夜刀はちらりと目を向けた。

「温かくてやわらかいんだ、兎や狐の皮は。寒くなったら、お前にもちゃんと着せてやる」

目の前で皮を剝いだわけでもなし、何をそんなに怯えているのだと夜刀は鼻先で笑ったが、因幡彦は縮めた首を横に振り、身体を細かく震わせるばかりだった。

「夜刀…」

いなすように月夜見が声をかけてくる顎をとらえ、夜刀は食事を口に入れる前にその唇を吸った。

最近、このやわらかな舌が甘く美味くて、仕方がない。

普段はほとんどすることもなく、うとうとと眠って過ごす冬の間も、この男と一緒ならずいぶん楽しく温かく過ごせるだろう。

「腹一杯になるまで食え」

今宵も長く時間をかけ、この身体の隅々まで味わってやると思いながら、夜刀は箸を握った月夜見の手に手を添える。

そして、ほぐれるまで煮込んだあっさりした味わいの肉を、口に入れてやった。

三章

I

このあたりの冬は厳しいと言った夜刀の言葉は、誇張ではなかった。

雪は厚く積もり、軒からは氷がつららとなって下がるのを、月夜見は物珍しい思いで眺めた。

うんざり顔の夜刀を横目に、因幡彦と雪の玉を転がして遊んだ。

叢雲に教えられて丸く小山のような竈《かまど》型の雪洞《せつどう》を作り、その中に穴を掘って遊ぶことも覚えた。小さな小屋のような雪洞を作り、中に藁《わら》を敷いて明かりを灯すと、ずいぶん幻想的な眺めとなることも知った。

しんと静まりかえって音を吸う雪の中、その明かりを灯した雪洞の中に火鉢を持ち込むと温かで、不思議と気持ちも穏やかになった。その雪洞を神の御座所、神座《かみくら》と呼ぶのですと教えてくれたのも叢雲だ。

因幡彦の提案で火鉢で餅を炙《あぶ》って食べたのも、美味しく楽しかった。ずいぶん因幡彦がはしゃぐ様子が嬉《うれ》しくて、月夜見もずっと目を細めていた。

夜刀は温めた館の中に籠もって、酒をたらふく飲んでゴロゴロしていることが多かった。ずっと温泉を出たり入ったりしている日もあった。湯面は湯気が立つほど温かなので、まわりにうずたかく雪が積もるような冬でも、外湯には雪がない。

そこで酒を飲みながら、降る雪を眺めて過ごす。月夜見も誘われて何度かその贅沢な時間を楽しんだが、その時ばかりは高天原のことも忘れていた。

夜刀はあまりに寒い日には毛皮をたっぷり敷き詰めた寝床で日がな一日、眠っていることもあったが、いくら活動的とはいえ、館の外に出ることが出来なければ仕方がないものかと思っていた。

夜刀は約束通り、たっぷりと温かな毛皮を敷き詰めた寝床を月夜見のために用意した。

そこで日がな一日夜刀に抱かれ、疲れて眠り、目が覚めると、また抱かれたこともある。

夜刀の腕の中で温かい毛皮に包まれて、雪がほとほとと降る音を聞きながら微睡む時間は、月夜見にとってもずいぶん心地いいものだった。夜刀の言葉ではないが、積もる雪のせいか、この時間が永遠に続くような気もした。

それでもやはり、寒さがゆるみ、雪が溶けはじめると気分も浮き立つ。

厳しかったひと冬が過ぎ、春の気配がしはじめた頃、夜刀は身体が鈍ってしまったなどとこぼしながら久々の狩りに出ていった。

その日の夕方まで、陽気に誘われてうとうと眠って過ごした月夜見は、宵口、穏やかな日射しに誘われて庭に出た。

ぼうっと夕空が霞《かす》む中、月夜見の肩に雲雀《ひばり》が降りてきて、人なつっこく鳴く。その盛んな囀《さえず》りに、月夜見は目を細めた。

しんと空気の澄んだ冬も悪くないが、やはり春の宵は格別だ。ゆるんだ気温と共に、どこか気分を浮き立たせるようなものがある。

「ご覧、もう春なんだね」

因幡彦に語りかけながら歩くと、外から鶯《うぐいす》の声も聞こえる。

「おや、鶯まで」

天高く上がってゆく雲雀を見送った月夜見はその姿を探し、門の外を覗いた。

冬に入る前は執拗に月夜見の様子を探っていたようだった者達も、さすがにもういない。月夜見はほっとして、小さく息を吐いた。

この館に来た時には気づかなかったが、館の外、丘を下った道沿いには梅の木がいくつか連なって植わっており、ふんわりと白や淡紅色に色づき、咲きはじめている。

「因幡彦、もう梅が咲いているよ」

「本当に…」

おっかなびっくりといった様子で門の外を覗いていた因幡彦も、笑顔を見せた。

雪解けのせせらぎの音も聞こえ、秋には寂しかった荒野にも所々溶けた雪の合間に緑が見える。

冬の間はまったく見ることのなかった久しぶりの花だ。春の兆しの梅の香りを楽しみたくて、月夜見は因幡彦を伴って丘を下っていった。

もうそろそろ、夜刀も帰る頃だろう。

姿は見えないが、鶯の声も聞こえる。鶯は臆病な鳥なので、おおかた草の中に隠れているのかと思いながら歩く月夜見の横で、因幡彦がはっと顔を上げた。

「どうした？」

「何か聞こえたような…」

耳のいい因幡彦と月夜見は顔を見合わせる。

「いったん、戻ろうか」

梅の木々まであともう少しというところだったが、月夜見は因幡彦の肩を押した。

その時、横合いから月夜見に飛びついてくる者がいた。

「あっ！」

横様にいきなり押し倒され、月夜見は地面に叩きつけられる。

知らないうちに、夜刀の屋敷の周囲に張られた結界を出ていたらしい。

「月夜見様っ！」

叫ぶ因幡彦を突き飛ばし、もう二人ほど梅の木の向こうから男が走ってくる。

「やった！　捕まえたぞ！」

「でかした！」

「そろそろ出てくる頃じゃないかと思ってたんだ」

泥汚れものともせず、男達は暴れる月夜見の身体を力尽くで押さえ込む。

「離せっ！」

「月夜見様っ」

飛びついてこようとする因幡彦を一人が足蹴にして、小柄な因幡彦は後ろにもんどり打って倒れた。

「因幡っ、因幡っ！」

月夜見は必死で暴れたが、手脚をばらばらに持ち上げられて身体がよじれる。

「こいつっ」

男の一人が、月夜見の鳩尾《みぞおち》あたりをまともに殴りつけた。

「っ…！」

一瞬、息が出来なくなり、月夜見は身体を折って倒れ込む。

それを大柄な男の肩に担ぎ上げられた。ぐらりと視界が大きく反転する。

「んぅ…」

殴られてすぐに頭を下にされると、血が上るせいなのかふっと目の前が暗くなる。痛みと吐き気が、同時にこみ上げてきた。

かすむ目に自分の髪が揺れるのが見える中、野卑な手が衣越しに月夜見の臀部を撫で回してくる。

「小さい尻だなぁ。こんな細っこい腰で夜刀に可愛がられて、よく壊れなかったもんだ」

「その分、よく馴らしてもらったんじゃないのか？　んん？」

別の手も執拗に内腿を撫で回す。その欲望まみれの粗野な手が不快で、月夜見は苦し紛れに男の背で身をよじる。

痛みで息が詰まる中、力加減なしで脚で蹴倒され、吹っ飛んでいった因幡彦の姿が頭をよぎる。

「因幡…」

頭を打ったりしてはいないかと倒れた因幡彦を探して呻く目に、ただ泥だらけの地面が映る。腹を殴られてすぐに頭を下にして担ぎ上げられたせいで、気が遠くなりかけた。

男の手がぴしゃりと月夜見の尻を打ったことで、かろうじて意識が戻る。

「じっとしてろよ、可愛がってやるから」

「夜柄殿がいなければ、ここで味見をしてみたいが」

「やめとけ、やめとけ。下手な真似をすると痛い目にあうぞ。夜柄殿はそういうのにはうるさいからな」

「まぁ、夜柄殿や夜峯殿が堪能すれば、こっちにもまわってくるって。気分次第では、今晩にもご相伴にあずかれるかもしれんしな」

しばらく行ったところに隠してあった馬の背に乗せられ、月夜見は夜刀の館からは少し離れた別の館へと連れてゆかれた。

昼間から群れて、しこたま酒を飲んでいたらしい十数人を超える男達の前に転がされ、月夜見は身体を強張らせた。

「なぁ、俺の言ったとおり、冬を越えて油断してたんだろう」

上座に座って盃を煽っていた大きな男が月夜見のすぐかたわらに膝をつき、満足げに笑った。

「兄者、泥だらけではないか」

横から呼びかけてきたのは髭の男だ。

「道がぬかるんでたんだ。仕方ない」

月夜見を運び込んできた男の一人が声を上げる。

「泥を拭えば…、いや、泥に汚れていても…」

うっすらと光を帯び始めた月夜見の顎をすくい、大男は満足げに喉を鳴らした。

「どうしてたいした美形じゃないか。それにこの光…」

「夜柄殿、俺の言ったとおりだろう」

横からの男の呼びかけに、月夜見は顔を背けながらも、この自分を押さえつける大柄な男が夜刀の長兄なのだと知る。

「そうだ、兄者、俺も最初の晩に見たのさ。そりゃ、もうふるいつきたくなるような綺麗な顔に、身体の内側からぼうっと光が差して、しかも、この甘いような香りだ」

髭をはやした男が、小賢しく笑った。

月夜見は今ほど、夜に姿を変える自分の身体を恨めしく思ったことはなかった。

「とりあえず、湯を持ってこい。こっちまで泥まみれになる」

「拭いてやれ」

「俺が拭いてやろうか」

「まずは裸に剝かぬことにはな」

男達が声を上げて笑う中、月夜見は床を這いずって逃げようとしたが、まわりを酔った男達に取り囲まれて、どこにも逃げ場がない。

「おい、湯を持ってきたぞ」

誰かが湯を張った盥と布とを持ってくる。それと同時に、別の男が月夜見の足首を握りつかんだ。振り払おうとしたところで、床に強く上から押さえつけられるとかなわない。

「っ…！」

月夜見は髪の乱れるのもかまわず、暴れた。

夜刀に押さえつけられた時以上に、この十数人の男達の前で転がされていることが嫌だった。

「泥を拭くのは、夜峯、お前やれ」

酒を呷りながら、夜柄は顎をしゃくる。

それに応じた夜峯の目配せで、複数の男が月夜見の手脚を押さえつけた。月夜見が反らせる顔を夜峯が無理矢理捕らえ、湯で絞った布で泥に汚れた顔と髪とを拭う。

白い貌《かお》が露わになると、ほう…、という感嘆の声が洩れた。

「こいつは本当に、えもいわれぬ甘い香りがするな、兄者。ムラムラするわ」

押さえつけた月夜見の首筋に顔を埋め、夜峯が卑猥な声を立てて笑った。

背筋に寒気が走り、鳥肌が立つ。

「離せ…っ！　離せっ」

月夜見は歯を食いしばり、床に押さえつけられた手脚を突っぱり、身体をよじった。

あまりに月夜見が暴れたせいか、髪に挿した櫛が床に落ちる。

「こいつは…」

落ちた櫛を男が拾う。それを夜柄が手招き、受け取った。

櫛を取り上げられた月夜見は、悲鳴を上げる。それは月夜見の持つものの中で一番大事な、月を司る証だった。

「これは…ずいぶん価値のありそうな…」

ほう…、と月夜見の身体から発する光を受けて煌めく白銀の櫛を、夜柄は矯《た》めつ眇めつする。

「こんな細かな細工は見たことがない」

「兄者、そいつをどうする？」

「うむ…」

夜柄は何食わぬ顔をして、月夜見の櫛を懐にしまった。

「こいつは俺が預かっておこう。高く売って、酒代にでもする」

懐にしまわれた櫛に男の意図を悟り、月夜見は叫ぶ。

「それを返せ！　私のものだ」

力尽くで拉致して犯そうというばかりでなく、身につけたものまで取り上げようとする男らの下賤さが信じられない。それとも、心底野卑な者とはこういう振る舞いを平気でするのか。

夜刀は確かに月夜見を力尽くで手籠めにしたが、櫛や白銀の太刀といった価値のあるものまで取り上げようとはしなかった。むしろ、珍しい菓子や果物、腕輪といった装飾品まで与えた男だ。

お前を唯一の妻とする、と口説いた夜刀とは、全然違う。

初潮前の幼女でも、平気で攫って犯すと吐き捨てていた夜刀の言葉の意味が今ならわかる。

「こんな野盗並みの真似をして、お前達には国つ神としての誇りはないのか！」

なおも返せ、と叫ぶ月夜見の抗議を別の男が笑い、頭を床に強く押さえつけた。

「兄者、そいつを独り占めするつもりではないだろうな。それには米で一杯の蔵、三つ、四つ分の価値は十分にあるだろう。俺達に酒を振る舞うぐらいで兄者が独り占めするのは、納得がいかない」

不服を唱えたのは夜峯だった。

「うるさい！　お前が持ったところで、独り占めしないという保証はないだろうが！」

夜柄に一喝され、夜峯は聞こえよがしに舌打ちをする。

「ならば、こいつは俺が最初にやらせてもらう」

夜峯は月夜見の帯に手をかけ、ほどいた。

「夜峯、調子に乗るんじゃないぞ」

夜柄が物騒な声を出し、月夜見の上に乗った夜峯をどんと押しやる。

「兄貴こそ。なら、さっきの櫛を寄越せ」

夜峯が夜柄の懐に手を入れ、櫛を奪おうとする。

「お前っ、ふざけるな！」

櫛を巡って二人が押し争ううち、櫛は床にガツッと音を立てて落ち、縦に真っ二つに折れた。

「あっ！」

月夜見は息を呑む。一気に血の気が引いてゆく。

月夜見が月夜見たる証である櫛が、目の前で真っ二つに折れている。とても信じたくなかった。

「いい加減にしろ」

夜柄が夜峯の頭を肘で殴り、折れた櫛を拾い上げる。そして、舌打ちした。

「馬鹿野郎、お前がつまらん真似をするから、お宝の価値が半減した」

夜柄は真ん中で二つに折れた櫛を懐に収め、折れた櫛に呆然となった月夜見の上に跨ると、服の合わせに手を突っ込んでくる。

「どれ」

「…っ！　…っ」

大きな手に胸をまさぐられ、月夜見は唇を噛む。信じられないほどの屈辱だった。

「こいつは吸いつくような肌だ。ほんのり湿って…、どうだ」

うっとりするような声を洩らしながら、夜柄が胸を好き勝手に弄りまわす。

「…触るなっ」

汚いっ、と月夜見は吐き捨てた。まるで汚物で身体を撫でまわされているようだ。

「思っていたよりも、威勢がいい」

大男は喉奥で笑い、月夜見の服の合わせを無理に引き剝ぐ。

「ん…？　これは…」

露わになったかすかな胸の隆起に、男達は息を呑んで見入るのがわかる。

「お前、男だよな？」

夜柄は固い月夜見の胸を強く揉み、下肢へと指をすべらせる。

「…っ！」

下帯越しに股間のものを握りしめられ、月夜見は声もなく呻いた。

「何だ、この光のせいか。初潮前の女の胸のように見えた」

ちゃんと立派についてるぞ、と夜柄は笑い、涎を垂らさんばかりの男達を笑わせる。

「それにしてもこの胸、なんとも美味そうな」

「桃のような色味だ。女でも、なかなかこんなそそる色味はない」

二人の男が好き勝手に乳頭をつまみ、強くひねる。

「…っ！」

月夜見が痛みに眉を寄せると、夜柄が不快そうに男達の手を払った。

「俺が先だ」

覆いかぶさった男が、四肢を固定された月夜見の首筋を吸い、続いて胸許に舌を這わせた。

乳暈を這い、舐め回す舌の軟体動物のような不快なヌメりに、夜刀は声にもならない悲鳴を上げる。

「兄者、やさしくしてやらぬから」

心底嫌がっているのがわかるのか、夜峯が人を馬鹿にしたような笑いを洩らす。

「馬鹿野郎、夜刀に散々突っ込まれているんだ。今さらもったいぶる必要があるか」

夜柄は言い捨て、乱暴に月夜見の袴《はかま》を押し下げる。脚を押さえる男達が二人がかりで袴を脚から抜き去った。

「肌もつるつるで、この脚だ。女の丸みはないが、男でもないような」

「腰の形がな…」

口々に剝き出しの身体を評されるのに、両性を身体に宿した月夜見は青ざめる。

「何、立派に男のものがついている」

さっき、下帯越しに月夜見を握りしめた夜柄は、下帯の中に指をくぐらせ、すっかり萎縮した月夜見を撫でて、さらに笑った。

「ちゃんとここに、宝珠もな…」

無骨な男の指が双球を撫でまわしたあと、内腿の秘めやかな場所へと沈む。

「…!? お前…!」

ぴったりと口を閉じた箇所へ太い指をねじ込んでくる男に、月夜見は固く瞳を閉ざし、唇を嚙みしめた。

「こいつ…！」

夜柄の手が慌ただしく下帯をずらし、大きく両膝を割られる。

「ふたなりか…！」

夜刀以外には見せたことのない場所を複数の野卑な視線に晒され、月夜見は身体を固く強張らせた。

縮こまった男性器をかたわらに押しやり、ぴったり口を閉ざした箇所を強引に指で押し開かれる。

乾ききった箇所は、無理な動きに痛みすら感じた。

「本当に両方ある」

「話には聞いていたが…」

「女陰《ほと》は小さすぎはしないか」

俺にも見せろと男達が顔を寄せ合うのに、月夜見はまるで見世物のように両脚を大きく開かされた。

「形が幼いのが光に浮き上がって、逆にいやらしいな」

「ちゃんと奥まであるのか？」

夜柄が無理に指をねじ込もうとしてきて、月夜見は痛みに悲鳴を上げる。

「狭くて、全然だ。こいつは見かけだけかもしれんな」

悲鳴に頓着した様子もなく、夜柄はまださらに指で押し入ろうとする。

「うっ、ぅっ…、ぅっ…」

引き裂かれそうな痛みに、月夜見は背筋を強く仰け反らせる。羞恥と屈辱のあまり、もうこの場で舌を噛んで死んでしまいたいとすら思った。

その時だった。ふいに何かが崩れる重い音がした後、続いて凄まじい衝撃で館が揺れた。

何かの吠え声にも似た唸りが響き、続けざまに粉砕音がして男達が慌てたように立ち上がる。

「…夜刀だ」

男達の手がゆるんだすきに、月夜見は身体をよじり、押し開かれていた膝を寄せる。

夜刀という声は聞いたが、この仕業が夜刀のものだといわれる意味がわからない。

これではむしろ、怪物のような…、そう思った瞬間、部屋の柱が凄まじい音を立ててねじ折れた。

何か巨大なものが横からぶつかったように見えたが、何かの錯覚だろうかと、月夜見は事態が把握できないまま、ただ呆然と屋根から割れた部屋の一部を見る。

そこには月夜見の身体から発する光を映す、何か鱗《うろこ》のようなものをまとった、ひと抱え以上の丸い身体が見えた。

まるで蛇のような…、と思う間もなくその丸い身体はうねり、代わりに巨大な蛇が部屋の外に顔を覗かせた。

灰褐色の大蛇は、先が幾重にも割れた異様な赤い角を頭に生やしている。

頭をもたげた大蛇は裂けた口をさらに大きく開き、尖った牙《きば》を見せつけた。口からはちろちろと赤い炎が舌になって上下している。

「よくも！」

唸るその声は喉奥で歪《ひず》んでいるが、確かに夜刀のものだった。

蛇神だったのかと、月夜見は息を呑む。しかも、途方もない大きさの蛇だ。

「…夜刀」

立ち上がった夜柄が、いなすような笑みを浮かべた。

目の前を凄まじい勢いで何かが横殴りに過ぎると、すでに夜柄は壁際に吹っ飛ばされて、身体も半ば壁にめり込んでいる。

「ひっいいっ！」

奇妙な声を洩らしたのは、壁に一番近い男だった。怖じるように、ずるずると尻で後ろに下がる。

その様子を呆然と見た月夜見は、夜刀が尾の先で兄を横殴りにしたのだとようやく思いあたる。

しかし、はたして生きているのか、死んでいるのか…。体格のいい男なので即死したとは思えないが、無事だとも思えない。

月夜見はかろうじて引き剝がれた衣をかき寄せ、大蛇を見上げる。

「待て、夜刀、待て」

代わって立ち上がったのは、夜峯だった。

「お前もよくないのだぞ、考えてみろ。俺達は十分に待った」

そうだ…、と声を洩らしたのは、月夜見の脚を最初に押さえつけた男だった。

「俺達は待ったぞ」

その声に味方を得たと思ったのか、次々と男達は声を上げた。

「そうだ、ひと冬は待った」

「そろそろ、こちらに譲ってもよさそうなものだ」

「略奪してきた美しい女や男は、どこも一族で共用するものだ」

「これだけの上玉、この身体だ。独り占めしたくなる気持ちは、わからないでもないがな」

その男達を再び夜刀は、言葉もなく尾の先で一薙《ひとな》ぎした。

「やらぬ！」

夜刀は吠えた。

「月夜見《こいつ》は俺のものだ」

ぬぅ…、と洩らしたのは、壁際にわだかまった男達のうちの一人だ。男達を押しのけ立ち上がったのは、途中までは髭をはやした夜峯の姿だった。

それが立ち上がる半ばで腰のあたりから蛇へと変わり、やがて肩から首の上も縞のある蛇となった。

額のあたりには、やはり二本の赤い角が伸びている。

「夜刀、調子に乗るなよ！」

夜峯は夜刀に躍りかかる。他にはねのけられた者達も、次々と蛇体に転じて夜刀へと飛びかかった。

しかし、いずれも夜刀の身体の半分ほどもない蛇だった。夜峯でさえ、夜刀の半分と少し程度の大きさしかない。それでも十分に大きな蛇だが、夜刀は力も身体の大きさも、桁違いだった。とぐろを巻く姿は、まるで小山ほどの大きさがある。口から覗く舌が炎となっているのも、夜刀だけだ。

他の者達が夜刀を怖れるのもわかる。この大きさは、おそらく戦いの能力に比例しているのだろうが、夜刀は飛び抜けている。

黒っぽいのや灰色、縞柄と様々な色や柄の蛇が夜刀に絡んだが、その巨大な身体で巻きつかれ、ねじ上げられると伸びて倒れてしまう。

唯一、夜峯だけがいくらか夜刀に巻きつき、とぐろを巻き、何度か嚙み合ったが、そのうちに喉許近くを嚙み裂かれて倒れた。

喉笛を裂かれて頭が地に落ちても、まだなお、うねうねと胴体の動く夜峯に、月夜見は声もなく震え上がる。

その身体が、ふいに背後から強い力で拘束され、持ち上げられた。

「…っ！」

暴れる間もなく、ひと抱え以上もある巨体に巻きつかれ、ぐいぐいと締め上げられる。

褐色の胴に黒い斑文のある、頭から胴体にかけての半ばが割れ、血に濡れた大蛇だった。

大蛇は壊れかけた部屋の中から、月夜見を締めつけながら庭へと這い出る。

ざらりと肌の上を生温かな鱗が這ってゆく感触に、生理的な怖気を感じた。剝き身の脚や腕、背中などを蛇は容赦なく締め上げてくる。

「う…っ！　ぅ…」

肺が押し潰されるような圧力には声も出なかった。苦し紛れに固い鱗に立てた爪が、逆に引っかかって剝がれるような痛みを生じる。

「夜柄ぁ…っ！」

全身を締め上げていた力が、飛びかかってきた夜刀の勢いで抜ける。

半裸のまま、庭の土の上にくずおれた月夜見は、目の前で絡み合い、巻き上げ、嚙みつく大蛇同士の死闘にも似た凄まじい争いを見た。

そのまま庭にいると巻き込まれそうなので、屋敷の柱の陰に隠れる。

庭木を薙ぎ、塀を崩し、屋根の一部を割って暴れた二匹も、やがて夜刀が夜柄を締め上げ、角の折れた頭ごと喉奥まで咥え込むと、しばらくくねっていた胴体が動かなくなる。

完全に動かなくなったのを見届けると、夜刀は夜柄の頭を憎々しげに吐き出した。ずるりと夜柄の胴がすべると、ドサリと音を立てて庭土の上に転がる。転がった蛇体は、やがて半ば頭が割れ、俯した夜柄の身体となった。

あの男は死んだのだろうか…、と怯えながら盗み見ても、夜刀はまだ怒りが収まらないようだった。

まだ口から憤りの炎を吐きながら首をもたげていた夜刀も、やがて蛇体を縮め、元の姿となった。

しかし、髪は乱れ、頭からは異形の角が生えたままだ。

「…月夜見」

荒い息をつきながらも、夜刀は光を頼りに柱の根本に腰が萎えたように座り込んでいた月夜見を見つけた。ゆらりとどこかまだ蛇を思わせる動きのまま、男は目の前にやってくる。

「…大丈夫か？」

予想外にやさしい呼びかけと共に、夜刀は腕を伸ばしてくる。

「…あ」

月夜見は今になってあちこち擦り剝いた痛みや、身体中が折れそうなまでにぎりぎりと固く締め上げられた痛み、そして、夜柄に無理に指を押し入れられかけた、秘部のひりつく痛みに気づいた。

顔をしかめた月夜見をどう思ったのか、夜刀は自分の上衣を脱ぎ、肩に着せかけてくれる。

そして、立ち上がりかけた月夜見をものも言わずにしばらく抱きしめた。

深い吐息と共に、温かな腕が月夜見をしっかりと抱きしめる。

その腕に抱かれているうち、ガチガチに身体を固くしていた月夜見も、やがて安心して深い息をつく。

夜刀の胸に顔を埋めていると、目の前の修羅場も、複数の男達にあられもない姿を見られたという恐怖や屈辱も、やがてやわらいでゆく。

「痛むか？」

夜刀は月夜見に頬を寄せ、案じるように尋ねた。

月夜見は小さく首を横に振る。確かに軋むような痛みはあるが、歩けないというほどのものでもない。

「気分は悪くないか？　何だったら、背負ってやる」

「背負われるほどではない」

「だが、その格好だとこの時期冷える」

ほら、と夜刀は膝をつき、月夜見に背中を向けた。

「冷えるのはお前も同じだ」

確かに月夜見は脚が剝き出しになってしまっているが、上衣を月夜見に着せかけた夜刀は上半身が裸だ。

「なら、よけいにお前を背負っていた方が、俺も温かくていい」

確かにそれもそうかと、月夜見は言葉に甘えて背負ってもらうことにした。

首に腕をまわすと、夜刀はなんなく月夜見を背負って立ち上がった。固く締まった夜刀の広い背中は温かくて、ほっとした。

今、まさに夜刀が同族を屠《ほふ》るのを見たばかりだというのに、不思議と夜刀に対しての恐れは覚えなかった。

ただ、さっきまで自分を押さえつけ、犯そうとしていた上の兄二人らが死んだのかもしれないと思うと、身体の震えが止まらない。

あのままでは、きっと間違いなく月夜見はあの場にいた男達によって、気のすむまで弄ばれていただろうに、場合によっては自分が殺されていたかもしれないのに…、とガチガチと奥歯が震える。

「なぁ、大丈夫か？」

夜柄の屋敷を出た夜刀は、再び聞いた。

「ああ、今は…」

自分を理由として、夜刀が兄二人を手にかけたかもしれないという恐怖から、その背中にしがみついて答えた。

夜刀はそれをどう思ったのか、かなり長く黙り込んだあと、夜道を歩きながら尋ねてくる。

「お前、その…、あいつらの好き勝手にされたんじゃないのか？」

「ああ…」

月夜見を気遣ってか、夜刀には珍しい遠回しなもの言いで尋ねられて、気づいた。

「それはまだ…」

「何だ、そうなのか」

俺はてっきり…、と夜刀はほっとしたような声を出した。

「ああ、見られただけだ」

「…そうか」

夜刀は呟いたあと、つけ足す。

「遅くなって悪かった」

予想外の言葉に、月夜見は驚いて顔を上げる。

だが、夜刀の赤い角は男が腹に抱えた怒りのせいか、まだ消えていない。

「狩りから戻ってくると、因幡彦が道端で倒れてたな」

月夜見は男に加減なしに足蹴にされていた因幡彦を思い出す。身体が軽いので、吹っ飛ばされて倒れこんでいたのが気がかりだった。

「無事か!?　怪我は？」

「頭をひどく怪我していたが、意識はあった。今頃、叢雲が手当てしているだろう」

「かわいそうに。私が梅を見に行こうといったばかりに…」

月夜見は口ごもる。因幡彦が怪我をしたなら、それは考えなしだった月夜見が悪いのだ。夜刀や叢雲の言葉の意味を、押しかけてくるほどの男達の獣性を、もっと深く考えればよかった。

正直なところ、遠目に見かけただけの自分にそこまで執着されるとは思ってもみなかった。

溜息をつきかけた月夜見は、途中、あ…、と声を上げた。

「どうした？」

「櫛を…」

二人の男の争いによって、無惨に折れてしまった櫛を思う。

あの櫛は大日霊尊が首から下げた「輝く日の鏡」と同様、月夜見が月を司る証の「白銀の月の櫛」だ。そのため、高天原を追われる際も、白銀の剣と共に持って出ることを許された。

壊した、無くしたと簡単に言えるようなものではない。

なのに、よもやこんな場所で、そしてこんな状況で折れてしまうとは思いもしなかった。

「櫛って、お前のあの銀の？」

「ああ…」

月夜見は夜柄の屋敷を振り返る。

「取り上げられて、あの櫛を巡って争われるうちに、真っ二つに折れてしまった…」

夜柄が価値が半減したと言いながら懐にしまい込んでいたが、吹っ飛ばされたり、蛇体に転じて暴れまわっている間にどこかにでも落ちたのか。

「わかった、明日、明るくなってから、もう一度探しに行ってやる」

「頼む」

折れてしまった櫛は、もうその力を失ってしまったかもしれないが…と気落ちしながら、月夜見は頷いた。

翌日、夜刀は約束通り、月夜見を伴って夜柄の屋敷を探してくれたが、崩れた屋敷の屋根や床、柱まで覗いてみても、櫛はなかった。夜刀はまだ諦めずに探せばいいと言ってくれたが、月夜見はずいぶん悄然としてしまった。

一族の住まう集落では夜柄や夜峯の葬儀が支度されており、月夜見は夜刀が二人の兄の命を奪ったことを改めて知った。

自分にかかわったことで、夜刀の兄達は命を落としたのだろうかとさえ、思った。

なくしてしまった櫛のこともあり、言葉もなくうなだれた月夜見をどう思ったのか、夜刀は自分と兄達のこれまでの確執について説明した。

徒党を組んで暴れる夜柄や夜峯の横暴は一族の間でも問題になっていたらしく、また、以前から度々、夜刀と上の兄二人は対立していたため、夜刀が直接にその咎を負うわけではないのだという。

夜刀が手を出さなくても、いずれはどちらかが相手を手にかけていただろうから…、という理由らしい。何が理由であれ、殺し合う定めにあったからだと…。

代わりに夜刀はこれから、「神殺しの神」の名を負うのだと聞かされた。

それぞれの地方の国つ神同士が争い合い、殺し合うこともあるというのに、どうして夜刀だけが「神殺しの神」の名を負うのかと尋ねた月夜見に、それは違うのだと夜刀は言った。

血の繋がった親兄弟、近しい血縁の神を殺した者が、身内に刃を向けた罪を咎められて、そう呼ばれるのだと。

だから何だ、とその名を負うことを気にかけた風もなく、夜刀は言った。

長老の言うとおり、いずれどこかで、夜柄や夜峯とは決着をつけなければならなかった。俺が兄二人を倒してそう呼ばれるか、俺が殺されて、兄二人がそう呼ばれるかという話だと…。

Ⅱ

部屋の隅で月夜見が与えられた狐の毛皮の上掛けをたたみながら、頭に包帯を巻いた因幡彦は小さく溜息をつく。

「どうした？　傷が痛むか？」

月夜見は声をかける。石に打ちつけて割れかけた額も、叢雲がうまく手当てしてくれたおかげで、そろそろ包帯は取れそうだ。しかし、なまじ頭を打っているので、月夜見はずいぶん心配していた。

「いえ、狐もこうなってしまえば惨めなものだなぁと思って」

因幡彦の言い分に、月夜見は小さく声を立てて笑う。

因幡彦はその顔をじっと見たあと、一緒になって困ったように笑った。

「何だか月夜見様は、この葦原中つ国にこられてからの方が、よく笑っておいでの気がします」

因幡彦の指摘に、月夜見は面食らう。

「そうだろうか？」

少し前にも夜柄に襲われて櫛が折れ、しかもその櫛を失い、かなり気落ちしたばかりだ。神と呼ばれる自らの拠《よ》り所が壊れてしまったようで、長く気分も沈んだ。しばらくは春の気配を愛でることすら、忘れていたほどだ。

「いえ、高天原ではほとんど笑われることがなかったので。私に向かって、にっこりして下さることはありましたが、声を上げて笑われることはなかったなって」

「そうかな」

曖昧に言葉を濁しながらも、確かにそうかもしれないと月夜見は思った。

大日霊尊が天岩戸に籠もってしまった時には、何とか姉を中から出そうと神々が岩戸の前に陣取って、天鈿女《あめのうずめ》が踊るのを肴《さかな》に酒盛りし、皆、多いに歌い踊って楽しげに騒いでいた。

しかし、あの時はあんな形でしか憤りを表明できない姉や、地上で飢えている者達のことを考えると、一緒になって笑うことが出来なかった。

それとも、あれも大日霊尊を岩戸から出すための一案だったから、共に浮かれ騒いだ方がよかったのだろうか。

「ええ、こんなことを申し上げては怒られてしまうかもしれませんが、大日霊尊様は輝くようにお美しいのにとても怖いお顔が多くて、月夜見様はおやさしいけれど、いつも悲しいお顔が多かったように思います」

「…悲しい顔？」

「悲しい顔というのか…、寂しそうなお顔というのか…。月夜見様はいつも、夜、一人で空を渡ってゆかれたので、そう思うことが多かったのかもしれません。ほら、他の神々はいつも大日霊尊様のお側で侍《はべ》るか、夜は夜で集まって飲み騒いでいらっしゃるので。月夜見様はそんな時にも、一人で空を渡ってゆかれたでしょう？」

「私はそのように月を司る者として生まれついたのだから、そういう運命《さだめ》なのだろう。他の神は夜は飲み騒いだあとは、皆疲れて眠っているのだ。姉上とて、昼を司っていらっしゃる分、夜はお休みになる」

でも…、と月夜見はつけ足した。

「そうだな…。どこか寂しく思うから、お前を拾ったのかもしれないよ」

月夜見は懸命に月の姿である自分を追って、食事も忘れてぴょこぴょことひたすらついてきた白兎を思い出す。

ひたすら月夜見の姿を追ってくるあまり、自分の帰るところも忘れてしまった兎だった。家族の待つ家にお帰りと言い聞かせてもわからないようで、その場では立ち止まってもすぐにまた、月夜見を追ってくる。それが哀れで、連れ帰った。

毛並みは白くふさふさしていて、赤い目がなんとも可愛らしかった。以来、因幡彦と名付けて連れて歩いている。戯れに人の姿にしてみたら、見た目十二、三歳の少年の姿となった。気は小さいが、あれこれと気がついて身のまわりにはよく気を配ってくれる。

月夜見が笑うと、因幡彦は小さく鼻を鳴らした。

「月夜見様は怖ろしくはありませんか？」

因幡彦の言葉に、月夜見は首をかしげる。

「何がだ？」

「あの男、正体は怖ろしげな角を生やした蛇にございました」

「そうだな」

「普段から、怖ろしい、怖ろしいとは思っておりましたが…」

因幡彦は兄神達を相手に争い、暴れた時の夜刀の姿を思い出したのか、すっかり青ざめて身体を震わせる。

「お前が蛇を怖ろしく思うのは仕方ない。お前は兎で、蛇は狐と同じ天敵のようなものだから。怖ろしく思うのは、お前の性《しょう》に根ざしたものだろうよ」

「いえ、そうでなくとも…、あの男は月夜見様に乱暴不埒《ふらち》な真似を繰り返してばかりで…」

それ以上を口にするのはさすがに憚《はばか》られるのか、因幡彦は赤くなったり、青くなったりする。

ふふ…、と月夜見は微笑んだ。

「おかしゅうございましょうか？　私はあの男が許せないのでございますが！　そりゃあ、確かにこの間、月夜見様を救ったのはあの男ですが…！」

まくし立てる因幡彦が可愛らしくて、月夜見は思わず手を伸ばしてその頭を撫でてやる。

触れると、やわらかな体温が愛《いと》しい。夜刀が必要以上に何度も月夜見に触れてくるのは、こういう想いなのだろうか。

最近では月夜見も、夜刀に触れられるのは嫌いではない。

むしろ、触れあっていると、あの男の体温にほっとしさえするのだが、最初が最初なだけに何となく人前では口にするのが憚られるような気恥ずかしさとためらいがある。特にこの館に来てすぐの夜の経緯を知る因幡彦の前では、あまりに軽率な気がして口には出せない。

夜刀がしたことを思うと、けして許してはならないのかもしれない。

しかし、お前が何であれ、お前一人を想おうと誓った夜刀の言葉は、いつのまにか月夜見の胸の内を大きく占めている。

高天原で月夜見にそう言った者はいなかった。だから、お前も俺を愛して共にいよなどと、大それたことを言ってのける者もいなかった。

そして、これから先も月夜見に対し、身内を敵にまわしてでも…というほど、ひたむきな想いを注いでくる相手がいるようにも思えない。

多分、あんなことをぬけぬけと言ってのけるのは、後にも先にもあの男一人だけだ。

「お前も怒れるのだねぇ」

「そりゃあ、怒ります。私が不甲斐ないから、月夜見様をお守りできなかった。私に蛇や狐ほどの力があれば、少しは月夜見様をお守りできたものを…！」

不甲斐ない、情けないとくりくりとした目に浮かぶ涙を、袖で懸命に拭う因幡彦が愛しくて、月夜見は思わず抱き寄せる。

「それを言うなら、私も不甲斐ないのだ。刀をつかんだものの、抜いてみろと言われて抜けなかった」

「そんなっ、月夜見様はおやさしいから…！」

「やさしくとも、戦うべき時は戦わねばならないのだろうよ。姉君ですら、高天原を守るためには戦うことを選ばれたのだから」

低まった月夜見の声をどう思ったのか、因幡彦は黙って月夜見の肩口に丸みのある頬をすりつけてきたあと、小さく呟いた。

「きっと…、私にはよくわかりませぬが、きっと…、月夜見様は普段は力をお隠しになっているだけで、まだ真実お怒りになっていないだけなのだと思います。そのお怒りは、私のような小さなものにはわからぬだけで、あの大日霊尊様のように誰も迂闊《うかつ》には近寄れないような種類のものなのだと思います」

「まるでお前は、私を一度怒らせてみたいようだ」

「そのような、決してそのようなつもりで言ったわけでは…」

因幡彦は何度も首を横に振る。

「お前の言うことはわからないでもないよ。私にもまだ、そんな人も寄れぬような憤りという感情はよくわからないままなのだ」

月夜見はここ数日、西方へ行くと言って出かけた夜刀を思う。なにがしかの用事で出ていったらしい。土産を待て、と月夜見の頬と額に口づけて出ていった。

自分の一族を敵にまわしても、月夜見を守ろうとした男。兄殺し、神殺しの名を負っても、月夜見を選んだ男…。

「確かに私も、最初はとても許せるような男ではないと思ったのだが…」

月夜見は夜刀の唇が触れていった頬のあたりに触れてみる。たかが数日のことだが、いつのまにか夜刀の帰りを待っていることに気づく。土産ではなく、夜刀の帰りそのものを…。

あの喜怒哀楽の激しい男が側にいて何くれとなく月夜見にかまうことが、いつのまにか当たり前になっていて、いないと心許ない気がする。

「この葦原中つ国の人間は、よく笑い、よく泣く。皆、感情が豊かなのだな」

「また月夜見様は、そのように面白がっておいでですから」

因幡彦は子供っぽくない溜息を深々とつく。

「ああ、なんというのか私の知らなかったほど幾種もの表情を持っている。喜びばかりではないけれど、むしろ辛いことの方が多いのかもしれないけれど、些細《ささい》なことで泣き、些細なことで笑う民らが愛しい」

「私などは、その月夜見様のお心の深さに驚くばかりです」

ふぅ…、と溜息をついた因幡彦は、頭を巡らせた。

「夜刀殿が帰ってきたようです」

夜刀の足音をちゃんと聞き分けているのだなと月夜見は微笑み、館に入ってまっすぐにこちらにやってくる男へと顔を振り向けた。

廊下を渡り来る夜刀は月夜見を見ると、珍しくどこか困ったような顔で微笑んだ。

どうしたのかと、月夜見も思わず笑みを洩らす。

長い髪を左右に下げ分けただけの凝った髪型ではないが、長身の夜刀にはそんな無造作な髪型がよく似合った。鼻筋と頬骨の高い、くっきりとした目鼻立ちが引き立つ。怖ろしげな頬の丹にも慣れた。

あの頬を裂くように塗りつけられた、自らの力を誇示するような丹には、守護と武運祈願の意味合いもあるのだと聞き、それはそれで毎日律儀に朱を塗る夜刀を可愛く、愛しくも思った。

そうだ、可愛く思う時すらあるのだと、月夜見は笑った。

「月夜見」

言いかけた夜刀は、かたわらの因幡彦を見て言い淀《よど》む。

何か秘密にしておきたいことでもあるのかと、月夜見は因幡彦に命じた。

「夜刀殿に白湯を」

はい、と因幡彦は比較的素直に席を立つ。

「これをな…」

夜刀は懐から小箱を取りだし、さらにその中から絹に包まれた何かを取りだした。

手渡され、その重みと形状にもしや…、と月夜見は慌てて絹を開く。

そこには元の形に戻った、月夜見の「白銀の月の櫛」がある。

「少し時間がかかったが…、お前があまりに気落ちしていたので気にかかってな」

「真っ二つに折れていたが…」

「そうだ、そのおかげでずいぶん手間取った。ここいらではこの櫛を直せる者がいなくてな。かなり西へ行った開けた国に、澌名田彦《すくなだひこ》という名のある細工の神がいる。葦原中つ国では、一番の腕を持つという神だ。その澌名田彦に修理させた」

夜刀は櫛を取り上げ、月夜見の髪に挿した。

「この間、蛇に転じた俺を見たろう？」

「ああ…」

月夜見は蛇の姿に転じた夜刀を思った。目はらんらんと光り、頭に角のある大蛇で口からは舌の代わりに細い炎が出る、この世のものとも思えぬ蛇体だった。

「俺が怖ろしいか？」

「いや、怖ろしくはない」

「男も女も、俺の正体を見たものは皆、正気をなくすぞ。一族もろとも、滅んでしまうとまで言われている」

ささやく夜刀を、月夜見は流し見る。

「ならば、私はあの場で滅んでいなければならなかったのだろうか？」

月夜見の答えをどう思ったのか、喉の奥で忍び笑い、夜刀はさらに尋ねた。

「漉名田彦は、この見事な櫛は葦原中つ国で作られたものではなく、はるか高度な高天原の技で作られたものではないかと言うのだ。お前は漉名田彦の言うとおり、高天原から降りた神か？」

月夜見は顔を上げ、すぐ側から夜刀の目の奥を覗き込んだ。

濃い、射干玉の闇にも似た漆黒の瞳を、今は少しも怖ろしいとは思わない。

「罪を犯して、神逐《かんやらい》にあった神だ」

「神逐…？」

「天つ罪を犯したことを理由に、穢《けが》れとして高天原を放逐された」

「お前が罪を？」

「けして許されない大罪だ。天つ神の蔵を開け、その食物に手をつけた」

夜刀は一瞬、信じられないように目を見開いたが、やがて笑った。

「虫も殺さぬ顔をしていて、ずいぶんな真似をしてのけたものだ。それでこそ、我が妻にふさわしい」

声を上げ、おかしそうに笑う夜刀に、いつのまにか月夜見も声を上げ、笑っていた。

しばらくそうして二人、共に笑った後、月夜見はそっと夜刀に身を寄せた。

「この櫛を直しに、西まで数日かけて行ったのか？」

「お前があまりに悲しい顔を見せるからだ。それほどに大事なものなのだろう？　兄の屋敷跡で見つけたはいいが、二つに折れていては、お前のあの見事な琴の音《ね》も聴けぬ」

「そうか…」

身を寄せた月夜見をどう思ったのか、夜刀の腕が思いもよらぬやさしさで月夜見の身体を抱いてくる。月夜見はより深く自分の身体がその腕に抱かれるように、その背に自ら腕を巻きつける。

そして、初めて自ら夜刀に唇を寄せた。

夜刀は驚いたような顔を見せたが、静かに月夜見の口づけを受け入れる。何度か重ね合うだけのやさしい口づけの後、月夜見は微笑んだ。

口づけも愛し合うことも、すべてこの男によって知った。

「お前の望むように子を成すことはできないが、私はこの地でおまえの側で暮らそう」

夜刀はしばらくしげしげと月夜見の顔を見た。

「…本当か」

「ああ、ここに誓おう。その代わり、お前の半身は私ただ一人と…」

「ああ、お前一人だ」

夜刀の長い指に指を絡め、月夜見は低く告げた。

「必ず…」

「ああ、必ず」

月夜見の指を握る手に力を込め、夜刀は真面目な顔で誓った。

コホン、コホン…、と廊の離れたところで、因幡彦が顔を薄赤く染めながら、白湯の入った器を前に懸命に咳払いしている。

「おお、チビ！」

夜刀は月夜見の身体を抱きしめ、叫んだ。

「喜べ！　宴《うたげ》の用意だ！」

「…はい？」

「叢雲に言え！　酒蔵を開けよ、我が眷族に酒を振る舞えと！」

「はぁ…」

そこまで夜刀が上機嫌で大盤振る舞いする理由がわからないと、因幡彦は怪訝な顔となる。

「月夜見、今宵は一時たりとも離さぬぞ！　新しい衣《きぬ》を用意する。今宵はそれで精一杯に飾れ。お前は真実、俺の物となる」

強い声で宣言する夜刀に、月夜見はうっすらと笑い、応えてみせた。

館の外では、まだ夜刀の一族が酒を飲んで浮かれ騒ぐ声や手拍子、歌が聞こえてくる。

髪をほどいた夜刀の熱《いき》り立った剛直を口いっぱいに頬張り、互いに脚の間に顔を埋め合うという、信じられないような淫らな体位を取っていた月夜見は、咥えられた局部が攣るような感覚に短い喉声を洩らす。

一方で押し入れられた夜刀のものが唇をまくり上げ、前後されるたびにチュブチュブと濡れた音を立てている。呑みこみきれずに溢れた唾液が喉を伝う感触すら、今は刺激になった。

すでに一度、夜刀の口の中に華液を放ったというのに、なおも恥ずかしげもなく月夜見の分身は勃ち上がり、解放を求めて脈打っている。

熱くぬめる夜刀の口中を穿つように、夢中で腰を揺らす。喉奥に吸い上げられるたび、えもいわれぬ快美感に我を忘れそうになる。

夜刀の指はひっそりと小ぶりな女陰を押し広げ、溢れ出る蜜液を使い月夜見が焦《じ》れるほどの動きで内部をかき混ぜ、入り込む異物感を月夜見に意識させた。

後肛を蕩ける油膏と共に貫かれ、強い力で揺さぶられる感触、月夜見の意思とは無関係にある一箇所を巧みにつかれて腰も震えるほどに高められる快感には慣れ、今では信じられぬほどに乱れてしまう。しかし、まだ未知の女性の箇所を内側からまさぐられる感覚は、また少し違う。

入り口あたりでゆっくりと指を回転するようにかき混ぜられると、昂った月夜見のものが根本からぶるぶると震える。

こらえきれず、短い声を洩らして、盛りのついた猫のように見境なく腰を振ってしまう。

「こっちも三本ほど、指を呑み込めるようになった。見た目は幼女のようだが、もう内側は真っ赤に色づいてほぐれ、けなげに締め上げてくるぞ」

透明な愛液を絡ませ、どろりと濡れた粘膜を一杯にまで押し広げられ、月夜見は夜刀のものを咥えたまま、身も世もなく震える。

光る自分の身体では、赤く充血した粘膜の内側まであますところなく夜刀の目に晒されてしまうのが恥ずかしい。

「これをしゃぶるのも、うまくなったな」

「ん…」

夜刀によってゆるやかに口から抜かれた剛直は唾液に濡れ光り、それがまた月夜見の身体から放たれる光でテラテラと凄まじい形に見えるのがいたたまれない。

「あ…」

姿勢を入れ替えて仰向けられ、大きく夜刀の前で脚を広げられる。何度となく取らされた姿勢だが、いまだにこの瞬間にはなれない。しかし、夜刀は月夜見の秘密がすべてが露わになるこの格好に、いつもひどくそそられるという。

固く伸び上がった乳首を含まれ、夜刀の口中で転がされて、月夜見はその首に腕をまわしながら喘いだ。もう一方の乳暈も膨れ上がって、夜刀の指にむにむにと弄りまわされるのが、たまらなくいい。いつかここをもっと吸ってくれと、自分からせがむ日がきそうで怖い。

口づけの合間に胸を弄られ身悶えていると、空いた手を目一杯勃ち上がった牡の器官に導かれる。促され、月夜見は啜り泣きながら、自らを扱き、嬲った。

「たまらない眺めだな」

夜刀も猛った自分自身の剛直に手を添え、そんな月夜見に添えて思わせぶりに何度もこすり合わせた後、その先端を濡れ綻んだ月夜見の花弁に押しあてた。

「…ぁ、大きすぎて…」

そんなもの入らない…、と肉襞の入り口を何度もゆるく突かれ、月夜見は開かされた内腿を震わせる。

「もう十分に馴らしたぞ。溢れた蜜で、後ろにまで何も施さずとも入れそうだ」

夜刀は揶揄すると、ゆっくりと何度かに分けて、内部へと押し入ってくる。

「あ…、あ…、痛…」

先端が潜り込んでくる際の一瞬の痛みに顔を歪めた月夜見も、軽く引いて、また潜り込んで…という、慎重な夜刀の挿入に徐々に身体の力を抜く。

「…ああっ！」

痛みに対する緊張が解けたところで一気にぐうっと奥まで押し入られ、月夜見は高い悲鳴を上げた。

だが、もう痛みはほとんどなく、代わりにさらにはしたなく溢れだしてきた愛液が、夜刀にまとわりつき、動きに伴って溢れ出るのがわかる。

月夜見の男性器は興奮にか、固く反りかえって白い腹部にぺったりとつき、先端から透明な雫をこぼし続けていた。

「あ…、中が…、中が…」

月夜見はつまった声を洩らした。

内側を穿たれ、小さい袋の裏側を野太い剛直で何度もこすられる。

「中がどうした？」

「こんな…っ」

月夜見は白い喉を仰け反らせ、呻いた。

男性器の裏側に直接に杭を打ち込まれるようなこの感覚に、いつか馴れる日がくるのだろうか。

「お前の中は、前も後ろも温かくて気持ちいいな」

重く腰を使いながら、夜刀は満足げに呟く。

「このあとは、後ろも十分に可愛がってやるからな。精が尽きるまで、啼け」

男の宣言に、月夜見はその背に白い腕を絡め、喘ぎながら頷いた。

Ⅲ

桃の花が綻びはじめ、館の庭に積もった雪がほとんど溶け、わずかに端の方に黒ずんで残るのみとなっても、空には月が戻らなかった。

今年になって初めての市に出向いた夜刀は、長く月のない今年は、何かよからぬ事が起こるかもしれぬ、作物が不作となるかもしれぬ…、などと里の老人達が騒ぐのを聞いた。少し前に、太陽が少しも昇らず、木は枯れ、世に禍ばかりが溢れた年があった。

あの時はさすがに夜刀もこの世が終わるのかと思ったが、なぜか空から小さな餅が星のごとく振ってきて、飢えた人や動物たちの腹を満たした。不思議なこともあるものだが、あれは高天原の何か特別な力を持った神の仕業なのかもしれない。

そして、ほどなくして、日はまた元のように戻った。

しかし、日はともかくとして、月を欠いたところでさほど困りもしないと、夜刀は大仰に騒ぐ老人達を横目に、市で蜜の壷を手に入れて館に帰ってきた。

館のすぐ近くまで戻ってきたところで、上空から光が差した。不思議に思って振り返ると、身の内から光を放つ鶴がいくらか円を描くようにまわっていた後、すーっと館の方へと飛んでくる。

市に向かうために弓をたずさえていない夜刀は、光る鶴を普通の鶴ではないのだろうと思いながらも、館に向かって馬を急がせた。弓を持っていれば矢の一つや二つ、射かけていたかもしれないが、同時に月夜見が神逐によって高天原を追われたことも頭にあった。

鶴はさらに、夜刀が設けた館のまわりの結界さえも、やすやすと越えてゆく。

絶対、何か言いしれぬ力を持った存在だと、夜刀は胸騒ぎと共に館の中に入った。

馬を馬丁に渡し、早々に月夜見のいる母屋へと向かう。

案の定、光る鶴は夜刀の結界をものともせずにゆうゆうと館を囲う塀を越えると、館の庭に降りたった。

夜刀が月夜見のいる東の間へと向かうと、ちょうど因幡彦が降りてきた鶴を指差して声を上げ、月夜見が驚いたような顔で庭に面した廊に出てきたところだった。

「皇子よ！」

光を発していた鶴は声を上げると、その姿を解き、一人の男の姿となった。

男はそのまま地面に膝をつき、月夜見に向かって頭を下げる。

「…田鶴彦《たづのひこ》」

月夜見は男を知っているようで、珍しく顔を曇らせた。

「月夜見の皇子よ、喜ばれよ、高天原に戻ることを許されましてございます！」

月夜見は一瞬、目を大きく見開き、何ともいえない表情を作った。

高天原に戻る…？、何を言っているのだこいつは、と夜刀は眉を寄せた。

「大日霊尊様直々に、私をこうして迎えにお遣わしになりました」

「…それは」

呟き、目をさまよわせた月夜見は夜刀の姿を認め、困惑したような様子を見せる。

「どうぞ、お早く高天原にお戻りください。皆、月夜見尊をお待ち申し上げております」

「おい、貴様…」

夜刀は低い物騒な声を洩らした。

いきなり男が勝手に自分の家に入ってきて、月夜見に向かい、お前を許してやったから高天原へ戻れなどと平然と言う。これが高天原に住む、天つ神と呼ばれる神共のやり方なのかと、瞬間的に頭に血がのぼる。

「誰の許可を得て、人の家の庭に入り込んでいるのだ！」

夜刀は腰に差した太刀に手をかけると、やにわに男に斬りかかった。

「帰れだなどと、何を勝手なことを言っているのだっ！」

「夜刀、だめだっ！」

月夜見が叫んだが、すでに夜刀の手にした太刀は男の首から胸許にかけてを、大きく袈裟懸けにしていた。

「…ぁ」

首筋を斬られた男は小さく声を洩らして首を押さえたあと、そのまま前に崩れ落ちる。

「田鶴彦っ！」

月夜見は声を上げ、首から血を噴き上げる男の身体を膝に抱えた。

「あ…、あ…」

月夜見は流れ出る血を押しとどめようとするかのようにその首を手で押さえたが、男は何度か月夜見の膝の上で瞬きを繰り返したあと、やがて息絶えた。

月夜見はただ呆然と、死んだ男の頭を抱く。

「…人の家に無断で入り込むからだ」

本当はこの男が月夜見に高天原に戻れと言ったことが一番頭に血が上ったが、まだ腹の収まらぬ夜刀は吐き捨てる。

何の権利があって、月夜見を連れ帰るなどと言うのか。しかも、月夜見を追いだしたのは当の自分達ではないか、傲慢にもほどがあるというものだ。

男の血に汚れた衣をまとい、月夜見は夜刀に非難の目を向ける。

「無断で館に入り込んだにしても、この男は我が姉に命じられてここまで私を迎えにやってきた男。それ以上の罪はないだろうに」

うるさい、と夜刀は言い捨てる。

「俺に断りもなく館に入り込んでいる時点で、斬り殺されても文句はなかろう」

「ならば、館の前で私に用だと田鶴彦が言えば、私に引き合わせたのか？」

珍しく食い下がる月夜見に、夜刀は肩にかかった髪を煩わしげに払いながら、視線を逸らす。

月夜見の言い分にも利がある。田鶴彦が館前で何か言ったとしても、怪しい男だと取り合うことはなかっただろう。今となっては最愛の月夜見を、得体の知れぬ男にむざむざ引き合わせるような真似をするわけがない。

だが、それ以上に田鶴彦とやらいう男の死に、月夜見がいつにない悲痛な顔を見せるのに気が咎めた。月夜見は少なくとも、顔見知りである田鶴彦の死を悼んでいる。

夜刀は長い間黙り込んだあと、口を開いた。

「…………悪かった」

夜刀は月夜見のかたわらで膝をつく。

そして、月夜見に手を貸して男を仰向け、恐怖と驚きに見開かれたままの目を閉ざしてやった。

月夜見は廊下の上で身をすくませていた因幡彦に酒を持ってこさせ、血に汚れた田鶴彦の身体を浄めて横たえる。

「お前の知り合いかと思うと…、高天原に戻っていい、喜べなどと言うのを聞くと、かっとなった」

謝ってみても、田鶴彦のかたわらに膝をついた月夜見は浮かぬ顔だ。

憂い顔は憂い顔で美しいのだが、自分の短慮が原因で気が晴れぬと言われるとさすがに夜刀も気が咎める。

「…そんなに親しい相手だったか？」

そうも見えなかったが…と思いながら、本当に近しい相手だとまずいので、夜刀は恐る恐る尋ねてみる。

「姉直々に遣わしたと…、田鶴彦はそう言った」

「姉というのはさっきの…、オオヒルメノミコトとか言ったか？　オオヒルメというのはどこかで聞いたことがあるような…」

「大日霊尊だ。我が姉で…、高天原を治め、太陽を司る」

「………ほう」

ほう、としか言葉が出てこない。確かに高天原を治める神は、大日霊尊という日を司る女神だと聞いたことがある。

「じゃあ、お前はツクヨミ…、月夜見というのは月…？　ここのところ、空に長く月が出るのを見ぬが…」

そして、夜になると身の内から白く美しい光を放ち、身体から甘い芳香を漂わせるこの神は…、と夜刀は息を呑む。夜とは裏腹に、昼はほとんどを微睡んで過ごす普段の月夜見も、それならば合点がいく。

さすがに月を司るとなると、自分とは桁違いの格の高い上級神だとわかる。

皇子様は尊きお方で、このように扱ってよいお方ではないと、最初に手籠めにしようとした際、叫んでいた因幡彦の言葉も納得できる。

「皇子様と因幡の奴に呼ばれていたな？　それに、お前は父が禊をした際、その右目から生まれたと…。お前の父とは誰だ？」

「伊耶那岐という」

驕る様子もなく、月夜見は淡々と答える。

「この葦原中つ国の国生みの神として、名前だけは聞いたことはある。ならば、お前は…」

半ば以上答えはわかっていたが、夜刀は尋ねた。

「月を司る」

やはり…、と夜刀は呟いた。

最初に見た時、月夜見は非常に手の込んだ刺繍の施された、美しい衣を身にまとっていた。宝冠も白銀で、ただ者ではないだろうとは思った。

「姉は…、大日霊尊様は天つ神々の上に立ち、高天原をとりまとめるだけに非常に誇り高い。使いを斬り殺されたと知れば、きっと許しはしないだろう」

「許さない…？　女の神だろう？」

月夜見がこれだけやさしく情け深いというのにか…、と夜刀は口ごもる。

月夜見と姿が似ていれば美しいだろうし、気質が似ていれば慈愛に満ちていそうだ。

「姉君は戦いに臨まれる時、男の格好をしていらしたこともある。畏れおおくて、お尋ねしたことはないが、もしかしたら私同様、身の内に両性を宿していらっしゃるかもしれない」

自ら戦いに臨むというのなら、確かに男女を問わず、勝ち気で気性の強《こわ》い神なのかも知れないと夜刀も思い直す。

「お前に高天原に帰れと言っていたが、それはいいのか？」

「田鶴彦のいない以上、帰り方もわからぬ。葦原中つ国にやってきた時に通った天浮橋は、地に降りたと同時にかき消えてなくなったしな」

小さく首を横に振る月夜見に、もし帰り方を知っていたら帰るつもりなのかとは、さすがに夜刀もそれ以上は問い詰められなかった。

ただ、月夜見の同意を得て固く契りを交わした以上は、おめおめと帰すつもりもない。

「せめて丁重に弔ってやりたいが…」

呟く月夜見に、その意図を汲むべく夜刀も頷いた。

「わかった」

夜刀は叢雲に田鶴彦を弔う用意をするようにと命じた。

そして、煙だけでも高天原に帰れるように、館の裏手にある山の天頂に近いところで、月夜見や因幡彦を連れ、その遺体を焼いた。

Ⅳ

厳《いか》めしく装備を調えた何百人という天つ神々を従え、須佐之男尊が月夜見を迎えるために野に降りてきたと夜刀が聞いたのは、田鶴彦を山の上で弔って、七日ばかり経った日のことだった。

大声で月夜見を探す、天をつくような大男に怯えた一族が夜刀に知らせて寄越した。

それを聞いた夜刀が野の方を見やれば、確かにいくつもの煌々しい旗や幟《のぼり》が見えた。

西から我らに下れという国つ神の使いを受けたことはあるが、このように大挙して押し寄せる天つ神々の軍勢を見たことは、夜刀をはじめ、誰もなかった。

夜刀は即座に一族の長に、自分が男達を率いて天つ神を迎え撃つと答えた。

それを聞いた月夜見は青ざめた。

「すまない、私が田鶴彦を弔ってやりたいと言ったから…」

「言ったから何だ？」

夜刀は叢雲に持たせた戦装束と鎧《よろい》を身につけ、迎え撃つ装備を調えながら月夜見に答える。

「お前が止めるのも聞かずにあの男を殺したのは俺だし、亡骸を庭に野ざらしにしとくわけにもいかなかっただろう」

「そうだが…」

月夜見は眉を曇らせてしばらく黙っていたが、やがて立ち上がった。

「こうなった以上…、私は高天原に帰ろうと思う」

「はぁ!? 何を言ってる？ お前はここにいるんだ！」

語調も荒く夜刀は言い捨てる。

「…だが、須佐之男が来ている」

「来たから何だ？」

「須佐之男は姉君や私と共に父の禊の際に生まれた、高天原でも一番の荒ぶる神、軍神《いくさがみ》だ。以前、高天原を追われて、この葦原中つ国に下ったこともある。須佐之男尊の名前を聞いたことは？」

甲手《こて》をつける夜刀は、眉を寄せる。

「スサノオ…、タテハヤスサノオノミコ…という、遠い西の海沿いあたりに現れた神が、凄まじい力を持っていて、誰も勝てる者はいなかったと聞いたことがあるが…」

月夜見はうっすら青ざめた顔で頷く。

「おそらく、それが須佐之男だ。天つ神の中でさえ、かなう者はいない。姉君が須佐之男を遣わしたということは、力尽くでも私を連れて帰れという意味だろう」

「だから、何だ？」

頬に常よりもさらに一筋多く、戦に臨む勝利祈願のための丹を塗りつけた夜刀は、月夜見の肩を捕らえる。

「力尽くだろうが何だろうが、お前は渡さぬ」

「だが、須佐之男にかなう者などいない。お前がいくら力と戦に秀でた蛇神だとしても、須佐之男にはかなわない。須佐之男はたった一人で、高天原の天つ神を集めた軍勢と渡り合うほどの力を持っている。それこそ、嵐を呼び、山を割り、川を氾濫《はんらん》させることが出来る神だ。そんな軍神とまともにぶつかり合って、勝てる者がいるわけがない」

夜刀は声を低めた。

「だからといって、俺におめおめとお前を渡せというのか!?　一生共に添い遂げると誓った相手を、一方的に連れ帰られて平気な腑抜けでいろというのか!?」

「だが、お前が殺されてしまう！」

「…殺されるものか、俺を誰だと思っている」

答えながらも、夜刀は高天原一の軍神だという須佐之男を相手にして、無事でいられる自信がなかった。

いくら夜刀がこのあたりでは誰もかなわぬほどの力を持つ国つ神だとしても、西や北には、やはりそれなりに強い神もいる。そんな神々でさえ、怖れて譲った神というのが、タテハヤスサノオノミコという神だと聞く。

「大丈夫だ、ここにいろ」

夜刀は月夜見の頬を撫でる。

妖艶な夜の表情ではないが、青ざめた顔はこの上なく美しいと思った。

たとえ、夜刀よりもはるかに位の高い、月を司る神だとしても…。

「…私を須佐之男に渡してくれ。そうすれば、お前は無事でいられる」

月夜見はなおも言いつのる。夜刀の身を案じているのだろう。

「渡さぬ。何があっても」

夜刀は言うと、脱ぎ捨ててあった自分の帯を取り、月夜見の腕を後ろ手に縛った。

「夜刀、何を！」

その意図を恐れ、月夜見は悲鳴を上げる。

「行かさぬと言っている」

夜刀は月夜見を柱の横に引っ張ってゆくと、捕虜を縛り上げる時に使う鎖をその腕と腰とにかけて柱に縛りつけ、錠《じょう》をかけた。

さらには鑿《のみ》や鉈《なた》などでは壊せぬよう、鎖と錠に月夜見を縛るための呪をかけた。

「…だめだ、夜刀、やめてくれ。死んでしまう」

涙をこぼしながら懇願する月夜見には答えず、その頬と唇とに口づける。

「夜刀！　行くな！」

夜刀は叫ぶ月夜見を一瞥すると、戦の用意を調えて待つ一族に合流すべく向かった。


夜刀と夜刀が率いた一族が初めて相対する須佐之男尊は、月夜見とは似ても似つかぬ大男だった。服の上からでも見てとれる、岩のように盛り上がった筋肉も見事なものだが、身長に関しては相当な長身の夜刀より、さらに上背もある。

夜刀がこれまで見てきた神々の中でも、群を抜いた大男だった。濃く豊かな顎髭は胸まで広がり、ぼさぼさの固そうな髪は結わずに総髪だった。

厳めしい甲冑《かっちゅう》に身を固めた天つ神々を率いてはいるが、一人、鎧も何も身につけず、腰には革の鞘を持つ質素な太刀を帯びているだけだ。裸足で大地を踏みしめる天を衝く大男に、荒ぶることで知られた夜刀の一族もさすがに息を呑む。

最初から俺はこれだけ強いのだと力を誇示するわけではなく、やけに飄々《ひょうひょう》とした態度がまた不気味だった。

「なんだ、こいつは。高天原には、こんな神が住むというのか」

誰かが夜刀の後ろで呟いた。

高天原一の荒ぶる神で、山を飛ばし、川を氾濫させ、大地を割るという月夜見の言葉が頭をよぎったが、夜刀は一瞬、感じた本能的な怖《お》じ気を振り払った。

夜刀の神としての格はさほど高くはない。しかし、戦と力に関しては、抜きんでている。そこいらの上級神ごときでは、夜刀の敵ではない。

戦は負けを予感した者の方が負けるというのが、夜刀の持論だった。

「退《ひ》け、高天原から来たりし神よ。ここにはお前達の求めるものはない」

夜刀が須佐之男に告げると、大男は周囲を見まわした。

「確かに俺はこの野で、このあたりの山で、田鶴彦が焼かれる煙を見たのだ。姉君に命じられた以上、俺はここを納得するまで探さねばならん。邪魔をするな」

その声はまるで獣の咆哮のようだった。野太い声は雷鳴のように轟《とどろ》き、周囲の山々に響き、地が揺れる。

「邪魔をしなければ、兄君を捜し当てて、我らは高天原に帰る」

「うるさい」

夜刀は大太刀の鞘を払い、問答無用で斬りかかった。

それと同時に夜刀の一族らも、わっと須佐之男にかけよったが、須佐之男の腕の一振りで夜刀はもとより、ほとんどが吹っ飛んだ。

地面に叩きつけられた夜刀は、信じられないような思いで身を起こす。腕というよりも、まるで巨大な岩か何かが目の前をよぎったようだった。

同時に飛ばされた者は頭が潰れたり、半身がちぎれたりと、無事な者はほとんどいない。

次々と斬りかかる者、矛で突こうとする者らを、須佐之男はうるさそうに何も持たない腕で払い、その腕に引っかかった者は虫でも潰すように無造作に千切って投げた。

悲鳴や声にもならない呻きが次々と起こった後、動けるものは地面を這い、のたうって、このとてつもなく恐ろしい力を持つ荒ぶる神から少しでも逃れようとしていた。

なんだ、こいつは…、と夜刀は息を吞んだ。

表情はさっきと少しも変わりないというのに、やっていることはまるで殺戮《さつりく》だった。

こんな桁違いの力を持つ相手に、これまで会ったこともない。根本が違いすぎる。月夜見の言葉通り、本当にこの男は山を投げ、地を割るに違いない。

立ち上がろうとした夜刀の腕もぐにゃりと別の方向に曲がっており、握っていた大太刀ははるか遠くに飛んでいって見当たらない。

なんだこいつは…、と夜刀は曲がった腕を抱き、なんとか立ち上がる。

「だから、邪魔をするなと言っている。俺は兄を探しているのだ」

「やかましい！　その息の根、止めてくれるわ！」

歯噛みした夜刀の口は大きく裂け、鋭い牙が覗いた。

額からは幾重にも分かれた、鋭く尖った赤い角が伸びる。身体はぬるりぬるりと長く灰色に伸びてゆく。伸びた身体はたちまち館を取り巻くほどの長さとなり、とぐろを巻く大蛇の姿となった。

「お前は蛇体の神か」

一族をまるで虫けらのようにひねり潰した大男は、夜刀に向かってまるで子供のように首をかしげた。

それがなんだ、と本性を露わにした夜刀は鱗をまとった灰色の長く太い身体をくねらせる。

同族を殺された憤りで、頭の奥が燃えそうだった。

「逆らうな、これは天羽々斬《あめのはばきり》と言ってな」

須佐之男は腰に下げていた質素な造りの太刀を、さほどの気負いもない様子で抜いた。

「蛇斬りの長剣だ。蛇の身体では、ひとたまりもないぞ」

羽々は確かに蛇を指すが…、と夜刀は口から赤い炎を吐く。

蛇斬りの太刀がなんだと、月夜見を行かせるものかと、夜刀は長く伸びた身体で須佐之男を巻き殺そうと、頭をもたげた。


腕を帯でくくられ、腰を鎖で館の柱につながれていた月夜見は、気が気ではなかった。

小刀でなんとか帯を切り、残りの鎖も解こうと、因幡彦が真っ赤な顔で懸命に切りつけたり叩いたりしてくれるが、呪と錠をかけられた鎖は解けない。

地を震わせるような須佐之男の声は聞いた。それに応じる夜刀の声も、何を言っているのかはわからなかったが、憤って叫んでいるのはわかった。

しばらく後、風が荒れ、岩が飛ぶ、まるで地面の震えるほどの凄まじい音が館のまわりを行き交いはじめ、月夜見は因幡彦に身を隠すように命じた。

争って見境なくなった二人ではこの館ですらも、壊してしまいかねない。頼むから、安全な場所に隠れておいでと言った。

それからまるで嵐のような音が響いた後、ドンッと地面が大きく揺れ、オォォ――――ッ、というような断末魔の吠え声が響いた。

その後、ドン、ドン、ドン…、と断続的に地面のあちらこちらを叩きまわっているような音が響き、館は弾みでぐらぐらと揺れた。

「…夜刀？」

月夜見は呟く。

あたりはしんと、怖いぐらいに静まりかえっている。

「夜刀…」

あの断末魔の声が須佐之男の声でない以上、倒されたのは夜刀なのかと、嫌な予感が背筋を冷やす。

「…夜刀？」

月夜見は今一度、風が吹き、どんよりとした雲が低く立ちこめた空を眺める。

風音以外には物音なく静まりかえった外の気配は、妙に血生臭い。

「…ぁ」

この血の臭いは誰の血の臭いなのかと、月夜見は顔を強張らせた。

「…ぁ…」

呼べば笑った男の面影が頭をよぎる。

「…ぁ」

月夜見は膝で這いずり、少しでも外の様子を窺おうとする。しかし、重い鎖はガチャリと音を立てて、月夜見の腰を捉えたままだった。月夜見はなんとか鎖から逃れようと、ガチャガチャと虚《むな》しく床を這う。

「あ…」

あの男に会いたい、あの男を腕に抱きたいと、月夜見は喘いだ。

その頬を熱いものがゆっくりと伝ってゆく。

「あ……」

ついさっきまで、月夜見のかたわらにいたというのに、絶対に行かせないという声を聞いたばかりだというのに…。

「あ――――――っ！」

月夜見は叫んだ。

夜刀、夜刀、夜刀…、と夢中で呼んだ。

そして、天を仰ぎ、自分から恋しい男を奪ったもの達を憎み、その命の火が尽きようとする今、夜刀のかたわらにいられないことを嘆いた。

この世も、この天も地も、今、この瞬間にすべて消えてなくなってしまえばいいのに…！

月夜見の嘆きに呼応して、空は一瞬にして闇となり、空も地も海もすべて凍った。固く白く凍って、人も生き物も、すべてその場で氷の柱となった。

「…ぁ」

凍り付いた館の中で、肩で荒い息をついていた月夜見は立ち上がった。

なんとしても、夜刀の様子を自分の目で確かめたかった。

月夜見の腰に巻き付いていた鎖は、凍てついて壊れて落ちた。

月夜見はふらふらと立ち上がると、かたわらに置いてあった自分の白銀の太刀を取る。

立ち上がった拍子に、髪を束ねていた飾り紐も割れて落ちた。

柱も床も、庭の木々も、すべてが凍り付いている中、月夜見は館の外に出る。

そこには長い蛇体をズタズタにされ、その上に山を一つ乗せられた夜刀の鱗をまとった身体が、凍ったまま横たわっていた。鱗の割れ禿《は》げた傷口からは、肉が露出し、血が溢れて地面を濡らしていたが、今はそれも凍てついている。

「…夜刀」

夜刀の一族も、神々の軍団も、すべてが白く凍り付く中、月夜見はせめて角の見える頭を抱こうと、刀をひっさげていった。

「兄君！」

ふいに嬉しげな声が上がる。

月夜見が呆然とそちらを見ると、膝まで凍った須佐之男がこちらに笑顔を向けていた。

ただならぬ身ゆえに、他が全員凍り付いていても、膝まで凍っただけで助かっているらしい。凍ってその場から動けないようだが、当人は意に介した様子もなくニコニコしている。

「兄君、ご無事でよかった。共に高天原に帰りましょうぞ！　姉君がお待ちです」

大きな身体に豊かな髭、月夜見よりもよほど男らしいくせに、まるで子供のような無邪気さを持つ弟は、屈託のない笑みを見せている。

「須佐之男…」

月夜見は青ざめ、泣き濡れた顔で呟いた。解けた髪が、ばさりと肩に落ちる。

「どこにおられたのです？　兄君を渡さぬという男が邪魔をしようとしたのですが、もうご心配はいりません。高天原へ帰りましょう」

月夜見はその時、凍ったまま横たわった夜刀の頭を見つけた。

他と同じように固く凍り付き、うつろに目を見開いたままの蛇の頭のかたわらに、月夜見は力なく膝をつく。

月夜見は氷越し、その凍った蛇の頭を撫でた。この姿では、あの夜刀の姿とすぐには結びつかない。

だが、怖ろしいとは少しも思わなかった。

むしろ、こんなにズタズタにされて…と、おそらく切り刻まれた身体がのたうっただろう時の、館の揺れと衝撃を思う。

どれほどの痛みと苦しみだっただろうか。

この男は…。

「兄君は本当は、凄まじい力をお持ちなのですね。このように固く凍てついた世界は、初めて見ました。ほら、あのように空が真ん中から真っ二つに割れて…、下手をすれば、姉君よりも怖ろしいかもしれませぬ」

須佐之男は白い息を吐きながら、ほう…、と辺りを見まわす。

「須佐之男…」

月夜見はゆらりと立ち上がった。

抜き身の太刀を引きずったまま、月夜見は弟の前に立った。

そして髪から銀の櫛を抜き、太刀と共に須佐之男に手渡す。

「私はここで死んだと…、この夜刀神という国つ神と共に死んだと…、これを持ち帰って姉君に伝えてほしい」

「何をおっしゃっておいでです？　これは兄君が月を司っておいでの証。兄君の元を離れて、これだけ持ち帰っても仕方ありませぬ。共に帰ればいいではありませんか」

「いいから……！」

きょとんとした顔を見せる須佐之男に、月夜見は叫んだ。

「いいから、これを持ち帰れ。そして、私はここで命を落としたと姉君に伝えよ」

「兄君…？」

「断れば…、断れば私はここで命を絶ち、お前もこの場で氷の柱にしてくれる」

「…兄君？　なぜにそのように…」

言いかけて、須佐之男は月夜見が跪《ひざまず》いて撫でた夜刀の方へと顔を振り向ける。

「兄君、この夜刀神という男のためですか？」

月夜見が黙って泣き濡れた顔で須佐之男を睨むと、弟は濃い眉尻を下げた。

「この男が兄君を、無理にこの地に捕らえていたのではないのですか？」

「違う…」

月夜見は首を横に振った。

「この男と共に、ここで死にたいとおっしゃるのですか？」

しおれた声で、須佐之男は尋ねる。

月夜見はそれに一つ、小さく頷いた。

「この太刀と櫛を高天原に持ち帰れば、兄君は月の神としてのお力を失っておしまいです。櫛は月の化身、太刀は兄君のお力の拠り所のはず」

「よい、櫛を私の代わりに空に掲げよ。私に代わって、夜空を照らそう…」

「わかりました。そこまでおっしゃるなら…」

須佐之男は頷いた。

「確かに承って、この櫛と太刀とを高天原に持ち帰りましょう。私は…、本当のところ、姉君よりも兄君の方がずっと心根のおやさしい方だと、慕わしく思っておりますので…、けっして兄君を苦しめたいわけではないのです」

誓う須佐之男に、月夜見は頷く。

「代わりにこのお怒りを解いてくださいませ。これでは櫛をかける夜空もありません」

須佐之男の言葉に、月夜見は頷いて力なく地面に膝をついた。

やがて徐々に氷は溶け、須佐之男の膝を凍り付かせていた氷が溶け、凍てついていた神々が溶け、そして地面、空…と、ゆるやかにもとに戻っていった。

月夜見は恐る恐る、氷の溶けた夜刀のかたわらに膝をつく。

息も絶え絶えで、目に力はなく、その頭を膝の上に抱いてみても、もう命の絶えるのも間もないように思えた。

　せめて苦しまないように逝かせてやりたいと願っても、月夜見には長い身体の上に置かれた小山を取りのけるだけの力がない。

　かたわらに案じるように膝をついた須佐之男が立ち上がり、夜刀の上に乗った山に手をかける。

「ふ…む…っ」

　須佐之男は山を岩か土塊《つちくれ》のように抱えると、ふんっ…、と遠くへと投げ飛ばした。

　地面が揺れ、投げ飛ばされた先に新しく山が出来ている。

　しかし、それでも山の下からは無惨に切り刻まれた蛇の身体が現れただけだった。もはや、千切れかけて鱗すらまともに残っていないところもある。

「…夜刀」

　もう、夜刀の頭をそっと撫でて呼びかけてみても声もなく、月夜見だとすらわからない様子だった。

「兄君、そのようにお嘆きなさるな…」

　須佐之男は肩を落とすと、遠巻きに見ている神々の軍団に向かって手招きした。

「誰か、この国つ神を助けよ」

　須佐之男が声をかけると、神々は顔を見合わせ、中から神産巣日神《かみむすびのかみ》と呼ばれる女神が進み出てきた。

　戦うためではなく、もっぱら戦で傷ついた神の傷を癒すために同道してきた神だった。

「これを噛み砕いて、飲み込ませてくださいませ。まだ息があるなら、黄泉の国には足を踏み入れてないはずでございますから。魂留《たまとど》めの白珠にございます」

女神は手のひらに載るほどの白い真珠を、月夜見の手に乗せる。

月夜見はとりあえず真珠を噛み砕き、口移しで夜刀に与えた。

すると徐々に夜刀の身体は縮まり、人としてのいつもの身体に戻ってゆく。しかし、骨はくだけ、大きく開いた腹の傷からは腸《はらわた》が見えた。魂を留めたとしても、このままではとても生きていられるとは思えなかった。

女神は小ぶりの壷に入った油薬を取り、夜刀の骨を戻し、腹の傷を寄せ、傷に一つずつ丹念に塗ってゆく。

すると傷はまだ完全には塞がらずとも、出血はなんとか止まった。

「一度には治りませぬが、もともと蛇は生命力の強い種にございます。ここからはなんとか日がな薬で力を取り戻されましょう」

神産巣日神の言葉に、月夜見はまだ意識のない夜刀の首を抱え、その場に泣き伏した。

V

館に運び込まれた夜刀が意識を取り戻したのは、須佐之男が天つ神々を率いて高天原に戻って行ってから一週間ほど過ぎた日のことだった。

昼夜分かたぬ看病に疲れた月夜見が、夜刀の褥の横に寄り添うように横たわり、うとうととしていた時だった。

髪にふと触れてくるものがあり、はっと顔を上げると、夜刀の伸ばした手が月夜見の結った髪にそっと触れていた。

「…夜刀」

薄く目を開けた男の胸にすがると、夜刀は小さく口を笑みの形に作った。

「…ぃ…」

何か言いかけたのを聞き取ることが出来ず、月夜見は口許に耳を寄せる。

「ここ…に、いた…のか？」

ずっと、ここについていたのかという意味だろうかと、月夜見は頷き、髪に触れてきた夜刀の手を握った。そして、夜刀の頭を抱え、口許に盃で小さく水を差してやる。

「死んだ…かと…」

水を口に含むと、いくらか意識もはっきりしたのか、夜刀は呟いた。

「ほとんど、死にかけていた」

夜刀は褥の上に出したもう一方の手を額にあてがい、天井を仰いでしばらく考えるような様子を見せる。

月夜見が枕の上に広がる夜刀の髪を指で梳きながらしばらく待っていると、やがて夜刀は尋ねた。

「…あいつは？」

「須佐之男のことか？」

「…ああ」

「高天原に帰った」

夜刀はすぐには理解できないような顔を見せ、そうか…、と呟くとそのまま瞳を伏せ、再び眠りに落ちた。

須佐之男が高天原に帰ったという意味が理解できたのかどうかはわからないが、月夜見は自分の手を握りしめたままの男の手をぎゅっと握り直し、眠る夜刀の肩口あたりにそっと額を押しあてた。

夜刀が身を起こせるようになるまでは、そこからさらに三日ほどかかった。

顔を洗いたいという夜刀を手伝い、下げ髪はそのままに伸びた髭をあたる。その間、夜刀はじっと月夜見を見つめ、時折確かめるように頬や肩、背中へと触れた。

「ここに残ったのか？」

「ああ」

「あいつは…？」

「須佐之男なら、高天原に帰った」

「…どうやって？」

まったく解せないという顔を見せる夜刀に、やはり覚えていないのかと月夜見は微笑み、経緯をかいつまんで話す。

「…天を割ったのか？　お前が…？」

信じられないな…、と夜刀はぞっとしたような顔を見せ、柱の向こう、庭の上の青空をちらと眺める。

「…どうやって？」

こわごわといった様子で、夜刀は尋ねる。

「知らぬ、気がついたら天が割れていた。須佐之男に言われるまで気づかなかった」

空が真っ暗になったのはわかったが、真っ二つに割れていたとは知らなかったと、月夜見は拭った薄刃を夜刀の喉許にあてる。

「お前、怖ろしい男だな。見かけによらず…」

とんでもないとぼやく夜刀に、月夜見は薄刃を使って夜刀の髭を剃りながら笑った。

「今、この体勢なら、私でもお前に勝てる」

「やるのか？」

夜刀は少し疲れたような顔で笑う。まだ完全には癒えきっていないせいかもしれない。

「お前に殺されるなら、それもいいかもしれないな」

低くかすれた声で呟かれ、月夜見は小さく声を立てて笑った。

「あいつ…、須佐之男尊と言ったか？　信じられないほどに強い…」

「姉君も手を焼くほどの乱暴者だ。悪い奴ではないのだが…」

「しかし、お前の姉の言葉に従って、お前を取り返しに来たのだろう？」

「私に会いたかったと言っていた。須佐之男はこの間、姉君を怒らせたばかりだから、しばらくはおとなしく言うことを聞いていると思う」

「二度とここには降りてきてほしくないもんだ」

ぼやく夜刀の頬を新しく絞った布で拭い、月夜見は微笑む。

「…お前」

夜刀はそんな月夜見の頬に触れ、愛しそうに両頬を挟み込んでくる。

「お前がもし望むなら、高天原に帰ってもいいんだぞ。お前は…、それだけの力を持つ、高位の神なのだろう？」

そんな夜刀に、月夜見はそっと鼻先をすり寄せ、小さく口づける。

「お前は私に妻問いして館に伴い、娶《めと》ると言った」

「ああ、確かに…」

夜刀は目を伏せ、口づけを返す。しばらく二人はそのまま、戯れのように唇を何度も重ね合う。

「お前がこのまま、死んでしまうかと思った」

月夜見は夜刀の手を握ってささやいた。

「命があってよかった…」

呟くと、思いもせず熱いものが頬を伝った。

夜刀が小さく息を呑み、指の先でそっとその涙を拭う。

「…ああ」

口許を笑みの形に作り、頷く男に、自分でも目許を押さえた月夜見は、はにかみから目を伏せながら、かたわらの漆塗りの盥《たらい》を引き寄せる。

「薬を煎じてもらうよう、叢雲に頼んでくる。お前を手当てしてくれた、神産巣日神が置いていった薬だ。滋養をつけ、回復を早めるらしい」

月夜見は盥を手に立ち上がる。

「なぁ…」

褥に身を起こした夜刀は、月夜見に声をかけてきた。

「お前を鎖などで縛って悪かった」

「ああ…」

月夜見はちらりと笑みを見せる。

「お前を奪われたくなかったんだ…、二度としない」

月夜見は盥を手にしたまま、頷く。

「そんな真似をせずとも、ここにいる」

夜刀はずいぶん困ったような顔をした後、うすく染まった頬のあたりを何度か手の甲でこすった。

「もう少し身体が快復したら、漉名田彦に頼んで、お前のために新しい琴を作らせよう」

夜刀の言葉に、月夜見は微笑み、頷いた。

END

月の欠片

Ｉ

様々な人々でごった返す大規模な市の賑わいを、月夜見尊《つくよみのみこと》は因幡彦《いなばのひこ》と共に驚きを持って見た。ともすれば、前を歩く夜刀《やと》と叢雲《むらくも》の姿を見失ってしまいそうになるほどだった。

夜刀も叢雲も、どちらも背の高い男なので目立つが、うっかり品物に目を留め、足を止めると、二人に遅れる。

布をかけた簡易の天幕がずらりと並び、その下にそれぞれの販売物が壺《つぼ》や籠《かご》、筵《むしろ》などの上に並べられ、売られている。品の数も市の規模も、これまで見てきた夜刀の一族の里で行われるものや、近隣の市とは比べものにならない。

米などの穀物をはじめ、塩や蜂蜜《はちみつ》、甘葛《あまずら》などの貴重な調味料、絹製品、革製品、器、玉などの装飾品といった珍しいものがあちらこちらで盛んに取引されている。市の外側では馬や牛、鳥などのやりとりも盛んだ。

夜刀のこの市での目当ては、そこに並んだ馬だったらしい。

このあたりで一番の市があるが、行ってみないか…、と夜刀に誘われて来てみたが、これほどの規模だとは思っていなかった。

ここでは半年に一度、この大規模な市が立つのだという。

「すごいものですねぇ」

因幡彦は物珍しげにあちらこちらを覗《のぞ》きながら、しみじみと呟《つぶや》く。

「そうだね」

葦原中《あしはらなか》つ国《くに》の人々の知恵と逞《たく》ましさに感心しながら、月夜見も頷《うなず》く。

「市などというものは、高天原《たかまがはら》にはありませんでしたから」

人々が手持ちの品、珍しい品を持ち寄って、様々に交換しあう場というのは、葦原中つ国ならではの発想だろう。

月夜見が姉、大日霊尊《おおひるめのみこと》の遣わした須佐之男尊《すさのおのみこと》の迎えを断り、この葦原中つ国に残ると決めて半年、この国にはまだまだ月夜見の知らないことが山ほどある。夜刀にそう言うと、この市へと連れてきてくれた。

むしろ、知らないことばかりだといえるかもしれない…、と男が大きな丸い鉄の鍋で栗を焼くのを眺めながら、月夜見は思った。

甘い香ばしさのある香りが、何とも食欲を誘う。

「迷子になるなよ」

大きな荷を背負った男に押されてよろめきかけた月夜見の腕を、夜刀のしっかりした腕が後ろから支える。

「周囲をよく見て歩け。あと、身のまわりの品にも気をつけろ」

「身のまわり？」

尋ねる月夜見に、夜刀は呆《あき》れ顔に近いような微妙な表情を見せた。

「油断すると、身につけたものを奪われることがあるぞ。奪い取るんじゃなくて、そっと抜き取られることもある。盗むために、市に集まってきている者もいるからな」

ああ、なるほど…、と月夜見は頷いた。

もともと月夜見には人のものを奪ったりする発想がないので、それに気をつけろという感覚も、まだ今ひとつ馴染《なじ》まないが、夜刀に言わせるとそれはいたって当たり前の感覚なのだという。

「叢雲、しっかり見といてやれ」

「承知しました」

夜刀に声をかけられ、如才ない夜刀の家人は小さく頭を下げた。それ以上を指示されたわけではないが、叢雲は月夜見と因幡彦の後ろへと黙って下がる。

二人が夜刀に遅れることのないよう、そして怪しげな者をすぐ見てとれるよう、後ろから気を配るつもりらしい。

夜刀は市の中でもひときわ人だかりのある、大きな瓶《かめ》が多数並んだ天幕の下へと入ってゆく。

「どうだ？」

夜刀は忙しく買い手の相手をする男達に声をかけた。

月夜見や因幡彦、叢雲もそれに続いて天幕の下に入った。そして、夜刀から少し離れた場所で夜刀と年配の男とのやりとりがすむのを待った。

大きな瓶の中のものは、すべて夜刀の館で作られた酒だった。売り手達は皆、夜刀の一族の男達だ。年に二度ほど行われるこの市にまとまった量の酒を皆で持ってきて、売り捌《さば》いている。

里から片道二日ほどかけて、大量の酒を持って男達が移動するために、道行《みちゆき》からして大掛かりだった。今回の月夜見や因幡彦はそれに同道した形だった。

ここより北東の米を温泉を用いて蒸し、作り上げるのだと、かつて夜刀が自慢した酒は、確かに濃厚で美味《びみ》だ。人がこぞって求めるのもわかる。

「夜刀殿は…」

さっき夜刀が買ってくれた、飴《たがね》と呼ばれる珍しい甘い菓子を月夜見と共に口に頬張《ほおば》りながら、因幡彦は話しこんでいる夜刀の背中を見て首をひねった。

「ああ見えて、意外に目端が利くようですねぇ」

珍しく夜刀に肯定的な意見を吐く因幡彦に、月夜見は微笑んだ。

米と水だけで作られているというやさしい甘さの菓子は、口の中でやわらかく溶けてゆく。

半年ほど前、須佐之男によって半死半生の怪我《けが》を負わされた夜刀も、神産巣日神《かみむすびのかみ》の薬がよく効いたのか、ひと月ほどを経て快復した。

今ではすっかりもとのように元気になって、以前のように狩りにも出る。ここ最近では、月夜見に馬の乗り方を教えてくれているところだった。

一時は夜刀を失ってしまうと思ったが…、と月夜見は夜刀が死んだと思った時の、あの絶望を思い出す。天も地も、すべてが色をなくしたと思った瞬間だった。

ここまで快復してくれてよかった、二度とあんな思いはしたくない…。

「月夜見」

話を終えたのか、夜刀が振り返って招いた。

何だろうとかたわらに行ってみると、夜刀は一人の男からひと抱えもある大きな長細い包みを受け取って月夜見に見せる。

そして、目の前でその包みを開いてくれた。

「…ぁ」

中から出てきた六弦の琴に、月夜見は小さく声を洩《も》らす。

「前のように、櫛《くし》には変わらぬがな」

「かまわない」

嬉《うれ》しい…、と月夜見はいくらか糸を弾いてみる。悪くはない音だった。もっと使い込んで馴らしてやれば、より美しく響くだろう。

あとで運ばせるからと琴を包み直し、夜刀はそれを男らに預けて出る。

「どうだ？　市も悪くないだろう？」

夜刀の軽口に月夜見も微笑《ほほえ》む。

「ああ、このように楽しいところだとは…」

並ぶ商品を様々に覗きながら、夜刀の目当てである市の外の馬を見に向かう。

「夜刀様」

叢雲が声をかけてきて、夜刀の袖《そで》を引いて耳打ちした。

夜刀は鋭い目を周囲に配ると、ぐいと月夜見の腕をつかんだ。

「痛い、夜刀」

月夜見がその手に指をかけてみても、夜刀は少し力をゆるめてくれただけで、腕そのものは離さない。

「何？」

「離れるな」

逆にぐっと月夜見の肩を引き寄せ、夜刀はささやいた。

「少し質《たち》の悪い、勾引《かどわ》かしの神が来ている」

「え…」

どこに…、と月夜見は後ろを振り返りかける。それを夜刀の手が頭ごと自分の方へと抱き寄せた。

普段にはない緊迫感から、それがただ者ではないのだと思った。

「見るな。こういうところにお前を連れ出すと、目をつける者はいるだろうと思っていた」

「あ…」

ぞくりと背筋に寒いものが走る。

以前、夜刀の館を外から覗き見た男達に感じたような、そして、それ以上の怖気《おぞけ》を感じた。

独特の笑いに歪《ゆが》んだ目が二つ、じっと自分を見ているような気がする。それは夜刀の腕の中に抱き込まれていても、ぴったりとついてくるようだった。

一度貼りついた視線を意識してしまうと、それは月夜見の一挙手一投足から、全身、そして衣の下までを粘つくように見ているのがわかる。

「…二人？」

「そうだ、仲間はもう少しいるかもしれない」

夜刀は叢雲に目配せすると、さっと月夜見の腕を引いて小走りに歩き出した。

因幡彦は…、と言いかけたところに夜刀が小声で告げる。

「チビは叢雲に任せておいて大丈夫だ。目をつけられたのはお前の方だ」

夜刀の言葉を聞くまでもなく、さっと鳥肌が立つ。確かに何かが追っているのは月夜見だった。

市の中を人に紛れるようにしながらぐるぐるとまわり、七つ目の辻に来たところで、夜刀は辻の角にあった天幕に身を寄せた。そこで商品の取引用に下げていた腰の米の袋を開け、ざっと地面に細い筋にして撒《ま》く。

「酒があれば、もう少ししっかりと結界を作れるんだが…」

行き交う人々の中、珍しく焦《あせ》ったような声を出す夜刀の長い指に、月夜見はそっと手を添えた。

「手伝おう」

月夜見はより細く、細心の注意を払って、夜刀と月夜見がぴったりと身を寄せ合うようにすればようやく入れるような狭い円を、米を用いて三度、地面に描いた。そして、夜刀と二人、その中に身を滑りこませる。

その瞬間、月夜見と夜刀が抱き合うように立った円のすぐかたわらを、ざざざっ…、と二人の獣面《じゅうめん》の男が走り抜けてゆく。

『どこだ?』

『見失ったか?』

男達の声だけが、しばらく月夜見を探して行き来している。

『せっかくの上玉を！』

『せっかくの糧《かて》を！』

薄気味悪い声は、月夜見と夜刀の結界に貼りつくように叫び続けていたが、やがてそれも消えた。

完全に声が消え去ってからようやく、夜刀は周囲の様子を窺《うかが》いながら、月夜見の手を引いて結界の外に出る。

「…今のは？」

尋ねると、夜刀は珍しく眉をひそめた。

「神とは言ったが、ただの国つ神ではない連中だ。悪霊や禍《わざわい》にも近い連中というのかな。たまにこうした人の多い場所にやってきて、目をつけた者、気に入った者をいずこかへ攫《さら》ってゆく」

「人攫い？」

「いや、もっと得体の知れない連中だ。力でどうにかなる連中じゃない。黄泉の国の者のように、かかわってはならないと言われている」

夜刀は肩をすくめる。

どうも夜柄《やつか》や夜峯《やみね》らが見目好い男や女を連れ去るのとは、わけが違うらしい。

争いに長《た》けた夜刀が、逆に争いを避けようとする様子から、その底知れぬ薄気味の悪さはわかる。

葦原中つ国には、やはりまだまだ自分の知らないものがいくらでもあるのだと、月夜見は思った。

さっきまでの物見遊山気分もすっかり飛んでしまって、月夜見はしっかりと自分の手を握りしめた夜刀を見上げる。

また、この男に守られたのだなと、その手を握り返した。

「…馬は？」

「今日はいい。叢雲と因幡の奴を見つけて、ここを出よう。また行き会ったら、かなわん」

早く…、と月夜見を促し、夜刀は叢雲らの向かったという、酒の売り場へと向かった。


七日は続くという市だったが、四日目の昼過ぎに運んできた酒がすべて売れてなくなったために、一行は帰宅の途についた。

夕刻近くに泊まりの場所を定め、月夜見が与えられた天幕の横で因幡彦と共に手脚を洗っていると、夜刀が声をかけてきた。

「月夜見、少しいいか」

何か話がありそうな様子に、月夜見は因幡彦に少し行ってくると声をかけ、夜刀と肩を並べた。

夕餉《ゆうげ》の用意の煮炊きものの匂《にお》いがする中、少し歩こうと夜刀は月夜見を促す。

夜刀の一族の男達が張った天幕が並ぶ横を過ぎ、二人は夕暮れ時の空の下をしばらく歩いた。西に大きく傾いた日の中、ほどよくひんやりした風が衣の裾を揺らすのも、気持ちのいい時間だった。

「なぁ、あれはお前のあの櫛だろうか？」

秋の夕空の山の端に白く月がかかっているのを、夜刀が見上げて指を差す。

「ああ…」

月夜見はそのまだ薄い月を眺め、微笑んだ。

月の神としての力を須佐之男に持たせて返した月夜見には、夜になっても、もう以前のような周囲をはっきりと照らすほどの光はない。かすかにぼうっと光が宿っているかどうかというところだ。

昼間、微睡《まどろ》むことは少なくなった代わりに、夜、眠る時間が増えた。

しかし、夜刀はそんなことなど、まったく気にならないと言う。

「そうだ、お前の弟――須佐之男尊の投げた山に、鷺《さぎ》がいくつも巣を作っているぞ」

須佐之男の投げた山というと、瀕死で息も絶え絶えだった夜刀の上から、須佐之男が取りのけて投げた小山だったろうかと、月夜見は目を見開く。

「巣？」

「そうだ、あの西側斜面が湿地帯に面しているからかな？　鷺は湿地を好む」

「そうか、巣に…」

あんな争いのあとが、鳥達の巣になるとは…、と月夜見は何ともいえず、穏やかな気持ちとなった。

そんな気持ちが伝わったのか、夜刀がふっと月夜見の手を握ってくる。

そして、よく枝を張った木の下に月夜見を誘った。

そこに並んで腰を下ろし、しばらく二人してたわいもない話をする。今回の市がどうだったとか、新しい琴の慣らし方などといった話だ。

たまにくすぐるように夜刀が月夜見の頰《ほお》に口づけたり、指を絡めたりしてくる。単に皆がいる天幕を離れ、二人きりになりたかったのだろうかと、月夜見が思った頃だった。

なぁ…、と夜刀が身を寄せてきて、低くささやく。

「少し目を閉じていろ」

「何？」

よからぬ真似はしないかと、月夜見は笑み混じりに男を見上げた。

「いいから、閉じていろ。少しの間でいい」

変な真似はしないから、と夜刀も笑っている。

「こうか…？」

月夜見は言われたとおり、目を閉ざす。

「そうだ、…もういいぞ」

目を閉じている間に夜刀の手が月夜見の手を取り、布に包んだ何かを握らされた。

手のひらに載るほどの少し重いもの…、それに思いあたるところがあって、月夜見は夜刀を見上げる。

「開いてみろ」

促され、月夜見はその布包みを開ける。

「…ぁ」

水晶と真珠をあしらった美しい銀の櫛が、中から出てくる。以前の月夜見の櫛とは趣は異なっているが、これはこれで非常に凝った美しい櫛だ。

「なんと美しい…」

月夜見は呟き、そっと手のひらに置かれた櫛を撫《な》でた。

「気に入ったか？」

夜刀が静かに尋ねてくる。

「ああ、もちろん。すごく…」

琴だけでも十分なのに…、と月夜見は感謝をこめて夜刀を見上げる。

「澒名田彦《すくなだひこ》に頼んで作らせたものだ。時間がかかったが…、これも市を発つ前、ぎりぎりで受け取れたところだ」

夜刀は月夜見の手から櫛を取り上げると、そっと髪に挿してくれる。

「ありがとう、嬉しい」

その櫛に改めて触れながら礼を言った月夜見の手に指を絡めると、夜刀は少し考えながら、口を開いた。

「なぁ、俺はこの葦原中つ国の国つ神達には、そう簡単には負けないつもりだが…」

夜刀は言いにくそうに口ごもった。

「やはり、市で出会ったような、普通ではやりあいたくない得体の知れない神も、時にはいる。…あと、お前の弟の須佐之男尊がまた出てくるようなことになったら、絶対にかなわないのだろうなということも、よくわかった」

夜刀の言い分に、月夜見は小さく笑う。

「…そう簡単には、降りてこないんじゃないかな」

ああ、そう願ってる…、と夜刀は肩をすくめてみせる。

「だが、お前がここに残ったことを、後悔はさせたくない」

そんなことを…、と月夜見は微笑んだ。

「後悔などしない」

だからこの櫛、あの琴なのかと…、夜刀なりの気遣いが愛しくなる。

「お前が欲しかったのは、私の月の神としての力か？」

この時刻になっても、もううっすらとしたかすかな光をまとうだけの月夜見は、夜刀の目を覗き込むようにして尋ねる。

「…いや」

「ならば、私は何も後悔などしない」

するわけがない…、と月夜見は腕を伸ばし、そっと夜刀の首を抱くと、いつも男がするようにその鼻先や唇に何度も口づけ、髪に指を絡めて愛おしんだ。

Ⅱ

「新しい櫛も、よくお似合いですね」

屋敷に戻ったその日、おや…、と目敏《めざと》く月夜見の挿した櫛に気づいたらしく、叢雲はすかさず誉めてくれた。

「ああ、夜刀に…」

「ええ、存じております」

　叢雲は頷く。

「お身体が治られてからというもの、月夜見様の髪に櫛がないのを、ずっと気にかけていらっしゃいましたから」

「そうだったのか…」

　そこまで気にかけてくれていたのかと、月夜見は気恥ずかしくもなる。

「ええ、それはよいのですが、あれと同じぐらいに品良く、美しいものでなくてはならないだの、今すぐにでも手に入れなければならないだのと…、色々ご注文が多くて」

　叢雲は少し遠いような目を見せる。

「そうなのか…？」

　こだわってくれるのはありがたいが、あの「白銀の月の櫛」とならぶものとなると、そう簡単には見つからないだろうと、遠い目を見せる叢雲に同情したくなる。

　だが、夜刀がこだわっただけあって、確かにこの櫛はあの櫛と遜色《そんしょく》ない美しさだ。

「はい、瀧名田彦ほどの腕を持つものでないと誂《あつら》えられぬだろう、是が非でも瀧名田彦に頼めと…。しかしながら、かの瀧名田彦ともなると、様々な注文を抱えておりますから、それはもう…」

　どれだけ夜刀にうるさくせっつかれたのか、叢雲は深く息をつく。

「それは申し訳ない…」

いえ、でも…、と叢雲は目を細める。

「最近は月夜見様お一人と定められて、夜刀様もそれは落ち着いていらっしゃいましたから、夜刀様にとってはよかったのだと思います」

多少、好き勝手はおっしゃっても…、と叢雲は小さくつけ足す。

「その…、私はここの習慣などをまだよく知らぬから…。ほら、ここでは夜這《よば》いや略奪婚も当たり前のようにあるとは知らなかったから、最初のうちはそんな考え方になじめなくて」

口ごもると、叢雲はおかしそうに笑った。

「まぁ、略奪婚や夜這いがあるとは言いましても、やはり嫌な相手とはうまく番《つが》えぬものでございますよ」

「そうなのか？」

「はい、無理に連れてこられた女が縊《くび》れて死んだだの、川に飛び込んだだのという話はそれなりにございます」

さらりと言われたものの、そうせざるをえなかった娘達の胸中を思うと、心が痛む。

眉をひそめた月夜見をどう思ったのか、叢雲はにっこり笑う。

「死なずとも、相手を嫌って逃げ出すなどという話は、よくあることで…」

そういえば、自分も最初は夜刀の館を出ることを考えていたと、あの時の暗澹《あんたん》たる気持ちを月夜見は思い出す。

結局、夜柄や夜峯らが月夜見を狙っていたがために果たせずにいたが、あそこで夜刀の許を離れていたら、今頃自分にはどんな運命が待ち受けていたのだろうか。

夜刀によく、世間知らずなどと言われる月夜見は、ためらいがちに髪に飾った鈴を撫でた。

少し考えただけでも、ぞっとするような話だ。

「少なくとも、夜刀様は今は本当にお幸せそうでございますよ」

夜刀の夜着を手にした叢雲は頷く。

「そうだろうか」

思わぬ言葉にはにかむ月夜見に、ええ…、と叢雲は答えた。

「まぁ、私も正直なところ、夜刀様がこのように穏やかに落ち着かれる日が来るなどとは、思ってもみませんでしたが…」

そう言って、叢雲は微妙な表情を見せる。

「月夜見様をお連れになった時は、何と上品な方を連れて帰られたのだろうと驚きましたからね。これまでのお相手を考えると、それはそれはもう…」

「そんなに？」

叢雲の仄《ほの》めかすこれまでのお相手の質というのもさりながら、夜刀の相手をした者達の数もそこまでのものだったのだろうかと、月夜見も落ち着かないような気持ちになる。

「ええ、まぁ、兄上様方のように何人もで群れたりという真似はお嫌いでしたが、なさっていることはたいして変わりませんでした。兄上様方と違って子供に手を出されぬのはよいのですが、せめて、もう少し相手を選んでいただけぬものかと…」

しれっと言ってのける叢雲に、月夜見は口ごもる。

「そういうものか…」

「はい、ですから大いばりでこちらにいらしてください」

ついでに多少は夜刀様を尻《しり》に敷いていただけると…などと、叢雲は普段は洩らさないだろう本音をちらりと洩らした。


「なぁ、夜刀…」

その晩、館の外湯に夜刀と向かい合うように浸かった月夜見は、しばらくじっと濁った湯面を見ていたあと、口を開いた。

「少し聞きたいことがあるのだが…」

「何だ、あらたまって」

久しぶりにゆっくり湯に浸かれて嬉しいという夜刀は、上機嫌で尋ねた。

「これまでに何人かの相手を館に連れ帰ったそうだが、その者達と添い遂げたいと考えたことはなかったのか？　それこそ、妻《さい》にしてもよかったのではないか？」

私ではなく…、と月夜見は尋ねてみる。

「…何だ？　そんなよけいなことを耳に入れたのは、叢雲か？」

夜刀は目を細め、若干不穏な表情を作ってみせる。

しかし、相手が身のまわりで親しく使う叢雲なだけに、すぐに切れたり、食ってかかったりということも出来ないのだろう。

「なぁ…」

浮かべた表情も憤りとは少し違う、苦りきった顔で微妙だ。

夜刀はしばらく泥湯の白く濁った湯面に目を向けていたが、それもさほど長い時間ではなかった。

やがて夜刀は思い直したように、岩に腕をかけ、月夜見の方へと身を乗り出した。

「それはもしかして、お前なりに妬《や》いたのか？」

「…妬く？」

「そうだ、俺の過去の相手がどうこうなどと気になるのは、それがお前にとって面白くないからじゃないのか？」

思いもよらない指摘に、月夜見はかえってしげしげと夜刀の顔を見返してしまう。

「いや、私は、ちょっと違って…」

「何だ」

否定しかけた先を、夜刀はさっきの微妙な表情とはうってかわって、えらく上機嫌でポンと湯面を叩いた。

「そうか、俺の昔抱いた男や女が気になるか」

勝手な言い分に、月夜見は小さな吐息をつく。

「別にそんな意味で尋ねたのではない」

「安心しろ、今はお前一人だ。お前以外に心をやるつもりもない」

「いや、夜刀…」

違う…、と月夜見は首を横に振った。

この男の前向きさには感心させられることが多いが、たまにどうしてそこまで自分に自信を持てるのかと不思議に思うことがある。

「何だ、焼きもちか」

夜刀は嬉しげに手を伸ばしてくると、月夜見を抱え上げて膝《ひざ》に乗せる。

「いや、最後まで話を聞け」

「ああ、何でも言ってくれ」

向き合う格好で膝に乗せた男は、愛しげに何度も背を撫でてくる。その手は月夜見の背から脇腹、開かせた腿の内側と際どい部分へと忍んだ。

「もともとなめらかな肌だったが、最近は手のひらに吸いついてくるようだ。この湯の効果もあるのか…」

男はご満悦で月夜見と唇をあわせようとしてくる。

「違う、ちょっと…」

私は真面目に聞いているのだと、月夜見は夜刀を押しやり、岩の上にずり上がる。

その膝を捕らえられ、岩の上に俯《うつぶ》すように押さえつけられた。

「あ、違う…」

腰を突き出すような形にされ、秘所をまともに男の目に晒《さら》してしまうことに月夜見は焦る。

それでも背後から覆いかぶさるように腰を捉えられると、逃げようがなかった。

「何だ」

白い背筋に熱い舌を這《は》わせながら、夜刀はなおも嬉しげな声を出す。

「…あ…」

濡《ぬ》れた舌先がゆっくりと背骨に沿って動く感覚に、月夜見は息を呑《の》んで岩場に縋《すが》る。

「あ…」

勝手にゾクゾクと背筋が震えて、膝から力が抜ける。

「お前、ここも弱いのか…」

満足げに息をつきながら、夜刀はさらにそっと尖《とが》らせた舌先で、背筋を上下させた。

「…っ」

歯を食いしばってみても、ゆっくりと舌先が這う感触には、はっ…、と何度も短い息が漏れた。

「ぁ…、そこはダメだから」

許してくれ、と月夜見は喘《あえ》いだ。

それでもたまらず、膝が折れ、男の腕の中に腰が落ちてしまう。

「お前…、すごいな…」

震えるように勃《た》ち上がったものを前にまわした手に握り込まれ、月夜見は逆に突き出すように尻を差し出してしまう。

「ぁ…、やめて…」

舌が動くたびに、勝手に腰が振れ、夜刀の手に逆に押しつけてしまう。

「どっちなんだ」

愛撫《あいぶ》の間に、含み笑いで男がからかう。

「ん…、んっ…、んっ…」

どうして背筋を舐め上げられるだけで、こんなに盛りがついたようになってしまうのかと、月夜見は喘いだ。

「夜刀…」

月夜見は呻《うめ》く。

「夜刀…」

自分を握った男の手に震える手を添え、月夜見は力の入らない腰を不安定に揺らした。

「ぁ…、お願い…」

舌が緩慢に背筋を這うたび、ゾクリゾクリと背中が細かく痙攣《けいれん》する。

夜刀の昂《たかぶ》ったものが太腿《ふともも》に触れ、月夜見は夢中で自分の両脚の狭間をそちらに向けた。

「こうか？」

夜刀は低く笑って、剛直を濡れた太腿の間に挟み込んでくる。

「ぁ…、ぁ…」

月夜見は短く息を詰めながら、ぐらぐらと腰を揺らした。

「濡れてるな」

からかうように両脚の間を挟み込んだものでえぐられ、月夜見は腰をくねらせる。

「お湯に浸かってたから…」

答えながらも、くちゅくちゅと濡れた音を立てるものは、自分の中から溢れだした愛液だとわかっていた。そこがどんな状態になっているのかと考えただけで、頬が朱に染まる。

「ん…、夜刀…」

夜刀、夜刀…、と月夜見は譫言のように洩らす。

「どっちに欲しい」

背筋から耳許へと移った唇に軽く耳朶を噛まれ、低く喘ぐ。

「どっちでも…、夜刀のいい方に…」

早く…、と月夜見は呻いた。

「ぁ…」

猛《たけ》ったものを押しあてられたのは、濡れてまくれ上がった割れ目の方だった。

それでも夜刀の指は繊細な襞を傷つけないよう、指で押し開くようにしてゆっくりと沈み込んでくる。

「ぁ…、あ…、あ…」

少しずつその充溢《じゅういつ》が押し入ってくる感覚に耐えながら、月夜見は短く声を洩らし続ける。

「あとで後ろも…、な?」

自身も快感にか上擦った声で夜刀が性急にささやくのに、言葉の意味もわからないまま、何度もがくがくと頷いた。

無理のない力で長大なものが時間をかけてすっかり根本まで入り込んだ時には、太股の付け根が歓喜と興奮に幾度も震えた。

「お前だけだ」

月夜見の身体を後ろから深く抱きながら、夜刀はささやく。

「これから先はお前だけだ」

「ん…」

岩場に縋る指を、強く上から握りしめられる。

「お前だけだから…」

ささやく男に幾度も頷き、月夜見は堪《こら》えきれずに昇りつめた。

なかがき

どうもこんにちは、カエルとヤモリは心から愛するかわいです。ヤモリなんてここのところ毎日、窓のところろに出没してくれるのを心待ちにしてます。これまで人様の家のヤモリを羨ましく見てたけど、うちにも住み着いてくれたようで嬉しい。蛇も大きいのは苦手ですが、小さい蛇や白蛇さんは可愛いですよね♪　あれはちょっと触ってみたい。

さて、この度はお手にとっていただいてありがとうございます。

今回、日本神話を題材に取ってみました。もちろん、なんちゃってでございます。

ちなみに因幡《いなば》の白兎《しろうさぎ》を助けたのは、月夜見尊《つくよみのみこと》じゃなくて大国主命《おおくにぬしのみこと》です。子供の頃に読んだ日本神話は記憶も断片的で、誰が助けたんだっけ…、と今回調べてみて、ああ、大国主命だったと思い出す始末。須佐之男尊《すさのおのみこと》は確か女装して、どっかの宴会に潜り込んで、そのあまりの美少女ぶりに油断したスケベェ二人の首を討ち取ったような…、と思って調べてみれば、それは日本武尊《やまとたけるのみこと》だったという。凄まじいまでの記憶の改変っていうやつですか。こう…、なんというか日本神話って、名前に漢字の当て字が多くてとっつきにくいのと、神々がギリシャ神話並みに破天荒なのとで、そこまで熱心に読んでなかったような。むしろ、ロマンスの多い分ギリシャ神話の方が好きだったような気がします。雰囲気も似てますよね、色んな神様が出てきて好き勝手やっちゃうあたり。

　そんなこんなで、どこかで聞いた神様がけっこう出てきてると思いますが、天照大神《あまてらすおおみかみ》だけは罰が当たりそうなので、別名の大日霊尊《おおひるめのみこと》とさせていただきました。これで天罰回避できるかどうかはわからないけど。このあと、うちの近所の天照大神の荒魂を祀ってある神社にこっそりお参りに行こうと思ってますけど…、許していただけるんでしょうか。ややマイナーですが、天照大神を祀る神社によっては大日霊尊の名前で祀ってあるそうです。

　そして、しれっと半陰陽っていうか、ふたなりものです。こんなんはオッケーなのかいな、とプロット出したら、いとも簡単にＯＫが出て驚きました。わりにナチュラルに両性体であることを受けとめている人がいいなと思ったので、月夜見のような人になりました。

　身体のライン的には、アンドレイ・ペジックをイメージしました。大きいけどね、アンドレイ。夜刀《やと》は喧嘩上等なヤンキーのような人だと、個人的に思ってます。因幡彦《いなばのひこ》は、最近、兎を飼っていらっしゃるお宅で、よく餌をあげさせてもらうので、あのふくふくもがもがと動く口許のあたりの可愛さにうたれて出してみました。

　ところで私、平安より前の時代にはいまいち萌えがございませんでして…。埴輪、萌えない。全然萌えない。竪穴式住居も萌えないし、曲玉も萌えない。銅鐸も前方後円墳も、これっぽっちも心動かない、鬟《みずら》もなー…などと不埒なことを考えていたのですが、鬟には、結い方にアレンジが幾パターンもあるらしくて、それらの鬟をかき分けていらっしゃる方のHPを拝見して、目からウロコな思いでございました。ガブリエル・オーブリーの髪型を真似して似合う男が少ないように、鬟もなかなか似合うモデルがいないだけで、似合う男が、美しくアレンジすればかっこいいんですよ、きっと！　銅鐸も古代音楽として、リドリー・スコットの映画並みの神がかった演出と演奏があれば、それはそれでうっとりするかもしれない。

でも、やっぱり埴輪萌え、古墳萌えはないな…（萌え萌えな方、すみません）。

なので、だいたい古事記あたりの日本神話は古墳時代の服装、文化に準拠するらしいですが、一部、もう少し後の奈良時代ぐらいまでの風味を混ぜてあったりします。でも、古墳時代だけで四百年もあるんだから、その間に様々な文化があるはず。埴輪一辺倒ではあるまい。古墳時代後期の装飾は大陸の影響もあって、かなり立体的で凝ってます。スキタイ人とかの装飾にどこかテイストが似てると思う。ちなみにこの時代の服装は、いわゆる後の時代の着物よりも洋装に近いそうにございます。

私、そういえばサメは食べたことはないのですが、ワニなら食べたことはあります。もしかして、本当はワニじゃないのかもしれないけど、お店で騙されたのかもしれないけど（笑）。あれは確か、当時有明ビッグサイトにあったお店だったと記憶しております。うん、夏コミの帰りだった！　友達とビール飲みながら食べた。もうけっこう前だったんだけど、あのお店、まだあるのかな？　なんかビヤホールっぽいところで、「ワニ肉を食べたよ」っていう証明書もちゃんとくれました。味はちょっと固めの脂身の少ない鶏肉って感じで、唐揚げでした。唐揚げになっちゃったら、フグでもカエルでもワニでも美味しく食べられるので、美味しかった気がします。

私のまだ行ったことのない仙台には、色んな肉の食べられるお店があるようですが、鳥系は多分、ダチョウでもホロホロ鳥でも何でもオッケーだな。というより、店のメニュー見た時、個人的には調理さえしてあったら、熊でも鹿でも食べられるわと思いました。エスカルゴも兎も平気だし。どなたかその仙台のお店に行かれた方がいらっしゃったら、ぜひ、感想をお聞かせください。

夜刀の神というのは、常陸国風土記《ひたちのくにふどき》に出てくる常陸（今の茨城県あたり）の行方郡《なめかた》というところにいた神だそうですが、作中の夜刀の温泉については別府風土記《べっぷふどき》にも載っていたという紺屋地獄跡《こんやじごくあと》（今はない）にある別府温泉保養ランドの泥湯をモデルにしています。一度行ったっきりだけど、足首あたりまでがつるっつるになったことは今も忘れません。顔に塗ればよかったと、一緒に行った友達とどれだけ悔やんだことか！　まぁ、自分にとって初めて、かつ、今のところ唯一の混浴温泉で、あまりにあからさまに女性をガン見したり、ブツを見せつけたりするワニと呼ばれる露骨な男性陣（ここはそのワニが複数いることでも有名らしい）がいたのにも驚いたので、十年ほど経ってもいまだに忘れられないのですが…。風呂なのに、なぜか眼鏡かけたオヤジに話しかけられて驚いたのも、いい思い出…にはなってないです。水着禁止なのですが、堂々と水着着て友達と泥かけあってはしゃいでいた女性の外人さんが羨ましかった。「今度行くなら、日本語わからない振りをして水着着て入る？」と友達と言っていたのですが、もう一度、あのきめ細かい泥湯で顔パックするために行ってみたい湯ではあります。子供がプールで使うような巻きタオル使って、行けないもんだろうか。もう、ワニさん達も興味なくす歳だしぃ。一度お湯に入ってしまえば、泥なので全然見えないんですけどね。おじいちゃん達は多かったけど、おばあちゃんはほとんど見かけなかったような…。そもそも女性がすごく少なかったのですが、やっぱりあれは悪質なワニのせいではないかと思われます。あそこ、混浴じゃなければ絶対に女性が殺到すると思う。それぐらいすごい効果のお湯です。

さて、この度、本当にご迷惑をおかけしてしまったカゼキショウ先生…。もう、何とお詫び申し上げてよいのやら…。でも、とても丁寧なラフをいくつもいただけて、すごく楽しくて嬉しかったです。この表紙の美しさと繊細さ、色合いときたら！　ブラボー！　まるで色を薄く溶かし込んだような、幻想的で透き通ったこの雰囲気は、何て言ったらいいんでしょうね。とにかく、すごくすごく好きです！　ラフも美しかったけど、これに色が載ったら、こんなに綺麗になるんだと溜息が出ました。カラーも全員描いていただけて、素敵、素敵っ。個人的には須佐之男と姉上が出てきてて嬉しい。それに白兎ですよ、白兎！ めっさ、可愛い。ラフのちょっと雰囲気の違う癒し系兎も、ザクザク似顔絵のような兎も可愛かったですが。いずれも大事にさせていただきます。ありがとうございました。

そして担当様も…、お疲れ様でした。ありがとうございました。なんか涅槃《ねはん》を見ましたよね…。涅槃っていうか、涅槃の向う側っていうか…。ぐるりとまわってきたら、また煩悩じゃないかという気もいたしますが。とにかく、ただただお疲れ様でした。

この度、ショートには真面目に色っぽいめの後日談と、ちょっとブラックな兎の話の二種類をご用意してみました。兎はパロディのようなものなので、斜めに読んで楽しんでいただけると嬉しいですが、あまりにテイストが違いすぎるので、この後ろにご用意してみました。雰囲気ぶちこわすのは読みたくないわとおっしゃる方は、回避して下さい。

それでは、ここまでおつきあいくださり、ありがとうございました。

また、どこかでお目にかかれますよう！

かわい有美子《ゆみこ》拝

因幡の黒兎

突き抜けるように青い夏の空に、真っ白な入道雲がうずたかく湧《わ》いているのを、僕は強い日射しから目を庇《かば》うようにして見上げた。

「月夜見《つくよみ》様、あのように雲が…」

日の光を吸って、雲が眩《まぶ》しく煌《きら》めくようにも見えるのを、僕は指差した。

「本当だ。あそこを渡って降りてきたこともあったんだね、因幡《いなば》。あのように高い場所から…」

空を仰いだ月夜見尊《つくよみのみこと》様は、懐かしそうに呟《つぶや》いた。

その横顔は高天原《たかまがはら》には戻らぬことを決められた数年前と少しも変わらず、白くやさしいものだ。僕は思わず、うっとりと麗しい横顔に見とれてしまう。

出会った頃から慕わしい、その顔を…。

この数年で僕は背も伸び、高かった子供の声も低く変わったけれど、月夜見様は少しもお変わりない。あいかわらず髪は夜の闇《やみ》よりも黒く、肌は月の光のように白い。

髪にもう「白銀の月の櫛《くし》」と呼ばれた見事な細工の櫛はないけれど、代わりに水晶と真珠のはまった銀の櫛が挿されている。この葦原中つ国《あしはらなかつくに》一番の細工の神、滅名田彦《すくなだひこ》の作った櫛らしく、これはこれで月夜見様によく似合っている。

これを贈ったのがあの男だっていうことだけが、僕は唯一気に入らないんだけどね。

「因幡、すごく冷たいよ」

沢の浅瀬に手をつけて、月夜見様は笑顔で僕を振り返られた。

髪につけた銀の鈴がしゃらりと涼しく鳴る。僕が今朝、髪におつけしたものだ。毎朝、あのなめらかな髪に黄楊《つげ》の櫛を通して、下げ鬟《みずら》に結うのが僕の仕事のひとつだ。月夜見様の髪はさらさらした、いつまでも触っていたくなるようなひんやりとした触り心地で、触れるたびに幸せな気分になる。

あの男もそれは同じようで、ことあるごとにあの美しい御髪《おぐし》に触ったり、指を絡めたり、場合によったら口づけたりなんかしやがる。図々しい男だ、まったく。あの男が図々しいのは、最初に会った時からなんだけどね！

月夜見様はいつもそれを笑ってお許しになるけど、横で見ている分には、ムカムカするんだよね。いつもいい加減にしろって、あの鼻の下を伸ばした男の頭を後ろから蹴飛《けと》ばしてやりたくなるんだ。

「本当に！　気持ちいいですね」

僕は月夜見様の横に行き、並んで浅瀬に手をひたした。

今日、月夜見様は山あいの渓流に、暑さしのぎも兼ねて釣りに来られている。

「な、暑さも飛んでいくだろう？」

石を踏んで竿や魚籠《びく》を下ろし、手柄顔を見せるのはあの男だ。

夜刀《やと》め…。

水が冷たいのはお前の手柄じゃないっていうんだ。

「月夜見様、私が…」

僕は膝《ひざ》に巻いた足結《あしゆい》の緒《お》を解き、裾《すそ》をまくり上げようとなさる月夜見様の足許に跪《ひざまず》いた。

「悪いね」

月夜見様は気さくに僕の肩に手をかけ、裾上げをお任せになる。

絹の袴《はかま》の裾からすんなり伸びた脚は、これまたすっと透き通るように白くて細く、形がいい。足の爪など綺麗にそろって、まるで桜貝のようだ。

このお御脚《みあし》を外から帰った時に洗うのも、お側まわりの世話を許されてからの僕の日課のようなものだけど、僕は月夜見様の脚を洗うのがとても好きだ。すべすべしていて、夕暮れ時などふんわりと甘い匂いがする。

この役割だけは誰にも譲りたくないんだよね。

一度、夜刀の奴が僕を押しのけて、なんか歯も浮きそうな甘ったるいことを言いながら、月夜見様の脚を洗ったことがあるけど、あれには心底頭にきたね。あれは僕だけの特権だっていうんだ。

「どうぞ、月夜見様」

膝上で折り上げた裾を、さらに太腿《ふともも》の半ばで結び直し、僕は肩につかまっていらした月夜見様にそっと手を添えて、支えた。

月夜見様は僕の手にすがって、そっと水の中に爪先をつけ、冷たっ…、と少年のような高い悲鳴を上げて、さっと引かれる。

「大丈夫ですか？」

白っぽい玉石の上にはごろごろとした大きな石も転がっているので、転ばれはしないかと僕は冷や冷やする。

「うん、大丈夫、ありがとう」

そして、月夜見様は嬉しげにまた、そぉっと爪先を水にひたされた。

「ああ、とても冷たい」

ああ、あの真っ白な踝《くるぶし》の綺麗な形！　日の光の中であの踝が水に濡《ぬ》れ光るのを見ると、またくらくらするよ。

澄んだせせらぎに真っ白な脚をつけて、月夜見様はそのせせらぎよりも軽やかな笑い声をお立てになる。

「すごく気持ちいいよ、因幡」

あーあ、月夜見様ったら、あんなに可愛《かわい》く笑っちゃって。

しかも、言うことが何だか妙に罪作りなんですけど。全然計算されていないだけに、飾りのない言い方はすごく率直で、ドキドキしちゃうよ。

二人っきりの時にあんなこと言われたら、僕、もうそれだけで昇天しちゃうかもしれないね。

いや、こんな真っ昼間から、何考えてんだ、僕。

僕が最初に月夜見様を見た時、僕はまだ巣を出たばかりのほんの小さな兎《うさぎ》だった。

月夜見様は夜空をゆっくりと渡っていらっしゃって、そのお姿がそれはそれは綺麗で驚いたんだ。

大日霊尊《おおひるめのみこと》様も月夜見様と同じお顔で美しい方だけど、昼間の太陽としておでましになるお姿はあまりに眩しくて、じっと見つめることなんてとても出来ない。

それにさ、ここだけの話、あのお方は本当にキッツい性格だからさ、一度もついていきたいなんて思ったこともないんだよね。

でも、月夜見尊様は少し寂しそうで、ものすごくやさしそうで、その上、あまりにお美しい方だったから、僕はびっくりしてピョコピョコとついていってしまったんだ。

どこまでもどこまでもついていったら、月夜見様は少し困ったような顔をして足を止められたんだ。

「困った子だね、うちへお帰り。あまりに遠くまでついてきたら、うちに帰れなくなるよ」

話しかけてくださるなんて思いもしなかったから、僕はまだチビ兎なりに考えた。

帰れなくなったら、この方は少しは僕のことを気に留めてくださるかしらって。

もっとも、あの時にはすっかり巣を離れてしまっていたから、僕にはもう帰り方なんかわからなかったんだけどね。

案の定、月夜見様は僕を哀《あわ》れがり、連れて帰ってくださった。

お膝の上に抱いて、時には懐に入れてくださって、僕は半ば月夜見様に育てられたようなものなんだ。

兎の形のままで月夜見様に撫《な》でていただくのは、とても気持ちいい。綺麗な細い指が、そっと僕の白い毛をかき分け、やんわりと耳の付け根や首のあたりを撫でるんだ。もう、考えただけでうっとりする。

人の形を取っている時には、ああして触れてくださることはないけれど、あんな風に耳や首筋を撫でられたら、きっと僕は粗相《そそう》をしてしまう。

でも、時々、寝る前にこっそり考える。月夜見様の手が、僕をいたわりながらそおっと触れてくださること。

まぁ、こっそり考える分には、大丈夫だよね。僕は夜刀みたいに、不埒《ふらち》な振る舞いには及んでないもの。あいつはだいたい、思ったことをそのまま実行に移して平気な男だからさ、本当に毎日毎日、月夜見様にベタベタベタベタしやがって！

「なぁ、お前…」

髪をだらしなく、ただのお下げにした夜刀の奴が、いつのまにかじろじろと僕を見ていた。

「またちょっと、背が伸びたんじゃないか？」

当たり前だ、すごく伸びた。まぁ、まだまだこいつには及ばないけど。

月夜見様にふさわしい男になるべく、僕は日夜努力してるんだ。身長も月夜見様に釣り合うまで伸びるように、一生懸命小魚も食べてる。

今はまだ、月夜見様の背丈まで親指の長さ分ほど足りないけど、そのうちに月夜見様に並んで、いつかは月夜見様を余裕で抱きしめられる身長差があるほどに伸びたいんだ。

「ええ、また少し」

答えてやると、夜刀はフンと鼻を鳴らした。

「図体ばかりデカくなりやがって。本当にガキっていうのは、油断ならないな。声変わりする前は、もう少し見た目も可愛らしかったのによ。今なんか、月夜見よりも声低いじゃないか」

油断ならないって、どういう意味だよ。それにデカくなってるのは、図体ばっかりじゃないんですけど！　色々、色々、大事な部分も含めて大きくなってるんですけど！

今に見てろよ、お前なんか軽く追い越して、月夜見様にふさわしい、笑顔の爽《さわ》やか可愛い好青年になってやるんだから！　お前なんか、目つきは悪いし、態度も悪いし、口も柄も悪いから、絶対僕の方が世間様受けはいいと思うんだよね。

「ねぇ、因幡、おいでよ。泳いでみないか？」

水を跳ね上げて遊んでいらした月夜見様が、振り返って誘ってくださる。

「あ、いいですね！」

僕も思わずはしゃいだ声を上げた。

「服が濡れてしまうから…」

月夜見様はパシャパシャと水を跳ね上げ、戻っておいでになる。

そして、首や髪の飾りを外されると、無造作に帯を解かれた。

「月夜見様、私が…」

慌てて手伝うために手を伸ばすと、月夜見様は笑って自ら襟をくつろげられる。

「自分でやるから、お前も早く」

「あ、はい」

促され、僕は自分の帯に手を掛けながらも、ほっそりした肩から上の衣を抜かれる月夜見様に釘付《くぎづ》けになってしまう。

いや、いつも湯殿で見てるんだけど、こんな明るく健全な日の下で見るのは、またひと味違うっていうか。この人、尋常じゃないぐらいの白さだから。ぼうっと清らかな光を放ってらっしゃる夜とは違って、昼間は逆にこの肌が光を吸うようにも見えるんだよね。

すっごい色っぽい。雰囲気は清楚なのに、なんかもう見た目から、肌から何かが匂い立つようってていうか…。

あの薄桃色の乳首とか犯罪級…。いや、もうやめて。その微妙に膨らんでるか、膨らんでないか、わからないような微乳も、逆に触りたくなるっていうか、確かめたくなるんですけど…。

僕は少し前屈みになって、下帯の膨らみを隠す。

「え、月夜見様、下帯も？」

月夜見様が下帯にまで手をかけられるのをみて、僕は慌てた。

「だって、帰りに下帯が濡れてしまっているのは、気持ち悪くない？」

「…いや、それはそうですけど」

この人、絶対、自分が裸になる意味、わかってない。

さすがに絶妙に前は隠していらっしゃるけど、今、瞬間的にほんのり淡い感じの翳《かげ》りが見えちゃった。うわぁ、ヤバいっていうか、今日の僕、すっごいツイてるっていうか…と、僕は月夜見様の完璧な造形を頭に刻み込む。

この人、すごく草叢《くさむら》が淡いっていうか、まわりを覆《おお》い隠すだけで上品なんだよね…、と僕は下帯を脱ぎ落とした月夜見様をさりげなく盗み見る。

嗜《たしな》みから、するりとこちらに背中を向けられた月夜見様なんだけど、白い丸みのあるお尻の形がまた綺麗なんだよね。なだらかな丸みなのに、小さくえくぼが二つ並んでる。腰回りは男のようにごつごつしているわけではなく、女のように丸く横に張ってるわけでもない。

月夜見様の身体すべてに言えることなんだけど、全体的にはほっそりと華奢《きゃしゃ》で、関節が細い。でも、瘦《や》せぎすなわけじゃなくて、身体を形作っている線はどこもなだらかで、見た目には男だとも、女だともいえない。

そんな魅惑的な身体つきで、月夜見様はせせらぎに脚をお進めになる。

僕は慌てて下帯を取り去り、ちょっとあからさまに上を向いちゃってるものを隠すためにも、バシャバシャと月夜見様の後を追った。

「夜刀は？」

月夜見様は腰のあたりまで水に浸かったところで、笑顔で夜刀の野郎を振り返られた。

「んー、俺はいい」

石の上に座り、こちらを眺めていた男は首を横に振った。

すごい、今、月夜見様をガン見してた。舐《な》めまわすような視姦《しかん》状態…。

うわぁ、引く。絶対、桃色思考で月夜見様のこと、見てた。

「冷たくて気持ちいいのに？」

月夜見様はわからない、という顔で首をひねられた。

「ああ、荷物を見てる」

見てるって、誰も取らないじゃないか、こんな山の中で。

しかも、あるのは釣り竿と魚籠。誰が持っていくっていうんだ。

「そう？　気が向いたら、おいでよ」

月夜見様はおっしゃると、ゆるやかに水をかいてお身体を沈められた。

まぁ、いいや、そこで指くわえて見てろ、と僕も続く。

それでもって、この暑さで早く干物になってしまうといい。干涸《ひか》らびて、カピカピになったら、ここぞとばかりに囓《かじ》ってやるんだ。絶対！

僕は知ってるんだ、あいつがやたらめったら冷えや寒さに弱いこと。それでもって、湿気もないと困ること。

…っていうか、あいつ、本気で蛇なんですけど！　本物だよ！　しっかも、頭にお前、エゾジカかよっていうようなすっごい形の角生えてんだよ。信じられない。ものすごく、格好悪い。

最初に見た時、本気なのかなって思ったよ。なんかさ、あの身体で頭にだけ鹿の角生えてるって、蛇の身体との整合性悪くない？　何で下がニョロニョロしてんのに、上までニョロニョロしてんのかっていう話。あれを愛《め》でられる月夜見様って、本気ですごいよね。

月夜見様もさ、何でもかんでも、あないとし、いとおかし…って言っちゃう性格、やめてほしいんだよねー。

いや、あの人はそういう何でも受け入れて慈しんじゃうようなところが、可愛いんだけどさぁ。

いや、もう本当に可愛い。

夜はもう、麗々《れいれい》しいぐらいに綺麗な人で、うっかり話しかけるのも畏《おそ》れ多いような雰囲気になるんだけど、昼はなんか半睡眠状態で寝ぼけてるような感覚に近いのかな。子供返りするっていうか、ちょっと幼いような印象になるんだよね。

見た目も二十歳前っぽくて、隙《すき》があってつけいりやすいっていうか…。

もっともそういうところに、あの夜刀の奴がまんまとつけ込んだっていうか。嫁になれとか、子供産めとか、訳わかんないこと言って丸め込んじゃったんだけどさ。

産めるかっていうんだよ！　だいたい、高天原の天つ神が人間の女のように、ぽこぽこ子供を孕《はら》むと思ってんのか、あの色ボケ変態野郎め。月夜見様は両性を宿してらっしゃるし、慈愛に満ちた方だけど、精神的には男だよ。

あの馬鹿《ばか》が、自分が番《つが》うものは、皆、妻だって勝手に思いこんでるだけで！

でも、月夜見様も高天原一の箱入り息子で、世間知らずなところがあるからね…。

いや、大日霊尊様も一応、あれで箱入り娘。永遠の処女、鋼鉄の処女だけど…。

っていうより、本当に女なの？　あの人。僕は、女の格好しているだけの男じゃないかって気がしてる。

顔なんか月夜見様とそっくりだし、背丈もほとんど変わらないし、声なんか下手《へた》すりゃ、月夜見様より低いよ。低くて、すごく金属的でざらざらした声。月夜見様の、男だけどやさしい、おだやかな声とは大違い。

低いっていっても、あの人、喋《しゃべ》んないんだけどね。頭の中に直接、声が響いて来るっていうか、口は動いてないのに声は聞こえてくるっていう、すごい怖い喋り方するんだよ。

それが、お前の考えてること、何でもお見通しですけど…って言われてるような気がして、背筋がぞわぞわするよ。本当に、高位の神様っておっかないいんだよ。

おっかないって言ったら、須佐之男尊様《すさのおのみことさま》も他の天つ神様方とは少しずれてて、怖いところのある神様なんだ。

見た目、髪も髭《ひげ》もぼうぼうでむくつけき大男なんだけど、あんな形《なり》してて、八雲《やくも》立つ、出雲八重垣《いずもやえがき》、妻籠《つまごめ》に…、なんて歌歌っちゃうんだよ。あの歌、この国で一番最初の和歌なんだって。

僕にはいまいち、歌のよさはわからないけど。地名と女の人の名前とを並べて、美人を今から嫁にするぞーって言ってるだけでしょ？　確かにおめでたい気はするけどさ。まぁ、見た目よりも文学肌っていうのかな？　木樵《きこり》や狩人やるのが似合いそうな見た目で、実は詩も書いちゃうって感じで。

色々、見た目とは違う人だよ。

あと、馬の皮剝《は》いで、大日霊尊様お抱えの機織女《はたおりめ》達が一生懸命に機織っている機屋《はたや》に放り込んだりして、驚き騒ぐのが見たかったって…、いったいどこが笑いどころなのか一つもわからないんですけど。

あれか？　十歳ぐらいのこまっしゃくれたガキが、好きな女の子の気を引きたくて、カエル投げつけたりするようなもの？　キャーキャー言う顔が見たい…みたいな？

いや、本当にあの見た目と図体でそれやったら、ただの変質者でしょって。怖くて、誰も止められないよ、そんな人。

月夜見様にはずいぶん懐いていらっしゃるし、月夜見様も須佐之男尊様がとんでもないことをやらかした時、須佐之男は見かけほどに大人ではないのです…、って言って庇ってらっしゃったんだけど。

他の神様が怒り狂っていらっしゃった時も、普段と変わりなく接していらっしゃって、そういうあたりは月夜見様だよねって思ったけどね。

辛く当たったり、冷たくしたり、憎んだりっていうことができない人なんだ。

僕は伊耶那岐《いざなぎ》様は直接に存じ上げないけれど、伊耶那岐様が月夜見様に月を治めよっておっしゃったのはわかる気がする。

月夜見様はとても慈悲深い方だから、出会う相手、皆に優しくしていたら疲れておしまいになる。

だからきっと、出会う相手の少ない夜を司るようにおっしゃったんじゃないかな。

結果的に、月夜見様はそのため、いつもとても寂しい思いをされていらっしゃったんだけど…。

そんなことを思ってると、月夜見様はふわりとこちらを振り返られた。

そして、僕を見てわずかに眉を寄せられる。

「ああ、額のこの傷」

月夜見様はすぐ側まで寄っていらっしゃると、手を伸ばしてこられた。

「残ってしまうのかな」

夜柄《やつか》と夜峯《やみね》らに攫われた時、僕があいつらに蹴られて木の根っこにしたたか打ちつけて出来た傷に触れ、月夜見様は申し訳なさそうな顔を作られた。

「お前はとても可愛い顔をしているのに」

そう言って月夜見様は、僕の額の傷の上にそっと唇を押しあててくださった。

ああっ、何たる幸せ！

ちょっと、もう一回！　出来たら、唇にもお願いしますっ！

「可愛いだなんて」

僕ははにかむような顔を作ってみせた。

「うん、可愛いよ、いつも一生懸命で」

罪作りなお方の笑顔に、ああ、もう我慢できない…、と僕は兎の姿に転じた。

そして、わっさかわっさか、月夜見様の胸許まで泳いでいく。

月夜見様はふふっと笑いを洩《も》らす。

「兎でいる方が泳ぎやすいのかい？」

いや、そういうわけじゃないんです。ただ、この姿の方が、ほら…。

月夜見様はそっと兎の姿になった僕を、その胸に抱き寄せてくださる。

「お前は本当に白い毛並みが綺麗な、可愛い子だね」

真っ白な胸に抱いていただいて、僕はうっとりとその肌に顔を寄せる。

兎の姿だと、月夜見様は必要以上に僕を子供扱いされるんだよね。こういう時、兎でいてよかったって、心底思う。

「もう、これ以上、大きくなっては嫌だよ。いつまでも私の可愛い、因幡でいておくれね」

月夜見様は僕を顔の位置まで抱き上げると、目と目を合わせ、それこそ三、四歳の子供にでも言い聞かせるようにおっしゃった。

そして、鼻先にそっと口づけてくださる。

ああ、幸せ。

僕もドサクサに紛れ、その口づけに鼻先で答える振りで、んっ…、と薄赤い唇にそっと口許を押しつけた。

もう一回…、そう思って口許を寄せたところで、月夜見様は笑顔で僕を抱え直されてしまう。

くそ、残念な…、と思ったら、長い耳がぴったり後ろに寝てしまった。

でも、その分、ほんのちょっぴり膨らんだ胸許にぴったりと僕の頬《ほお》がつけられる。

なだらかな隆起だけど、柔らかくはない。でも、その分、すごく柔らかい色合いの乳暈《にゅううん》まわりはふっくら盛り上がってる。

あ、ちょっと顔こすりつけちゃおっかな。

「くすぐったいよ、因幡」

月夜見様は軽い笑い声を上げ、身をよじられる。

キュッと、薄い腰がよじれ、おへその窪《くぼ》みに僕の脚が引っかかった。

あ、月夜見様ったら、おへその形まで上品な縦型に整っていらっしゃる。素敵。

たまにあの男が舌を突っ込んだりして、月夜見様は切ない吐息を洩らして腰をよじったりしていらっしゃるんだけど…。

畜生、夜刀め、なんて羨《うらや》ましい…。

…いやいや、僕はそんな外道な男じゃないぞ。

この可愛らしいおへそも、冷たい水につかったままだと冷えてしまわれる。いけない、いけない…、と僕は身体を伸ばして、月夜見様のおへそのあたりに自分のお腹をぴったりつけてみた。

あ、なんかちょっと…、このつるんとした肌理《きめ》細かなお腹に僕のお腹が触ってすごく気持ちいいんですけど…。すごく、こう…、おへそのあたりに大事なものを押しつけたくなるような…。

いやいや、僕はあの男みたいな不埒な真似はしないぞ…っと。

本当はいつかしたいけど…、あんなケダモノみたいな襲い方なんて絶対にしないんだ。

月夜見様、泣いていらっしゃったもの。どこへ行こうね…って、僕にぼんやりと呟いていらっしゃったもの。

夜刀の奴の館に行くことになったのも、あいつの兄弟が僕にまで手を出すって聞かされたからだもの。あの時、月夜見様は僕のために夜刀の屋敷に行くことを決められたんだって、知ってるんだ。

月夜見様はそういう心のきれいな方なんだよ。だから、大好きだ。

僕がすりっ、と月夜見様の胸のあたりに顔をすり寄せたところで、後ろからぐいと引かれた。

本当に首根っこをぐいっって、つかまれたんだよ。

「おい、ひっつきすぎたろう、エロガキ」

いつのまにか、ざばざばと着衣のままで水の中に進んできていた夜刀の奴が僕を月夜見様から引き離し、いきなりボイッと投げた。

投げたんだよ、水の中に！

信じられない、投げるか、このいたいけな兎の僕を！

くっそ野郎…、と思いながら、僕は沈んだ水の中からザプリと人の姿に戻って身を起こした。

「…夜刀様、ひどいではありませんか」

僕は素の声で抗議してしまう。

しかもこいつ、僕のこと、エロガキって呼んだ。

畜生、蛇みたいに嫉妬《しっと》深い男だから、いや、実際に蛇なんだけど、僕の月夜見様への長年の想いと下心とを見抜いてやがる。

「なぁ、そろそろこいつも年頃なんだし、こいつに代えて、もう少し年下の子供を身のまわりの世話に使ってみたらどうだ？」

ちっ、よけいなことを言いやがる。本当にこいつはろくでもないことばかりを思いつく。

僕は反射的に夜刀の奴を睨《にら》みつけてしまった。

「どうして？」

月夜見様は思いもよらず、強く眉を寄せられた。

「因幡は私について、ただ一人だけ、高天原から共に降りてきてくれた大事な存在だ。私の世話ばかりじゃなく、励ましたり、身体を張って庇ってくれたりと、様々に気遣ってくれるやさしい子だ。因幡以上に、私の身のまわりをまかせられる存在はない」

「いや、そういう意味じゃなくてな」

夜刀は頭をガリガリとかいた。そして、月夜見様を促す。

「少し上がれ。暑くても、水は冷たい。身体が冷えるぞ。泳ぎたかったら、またあとでな」

そう言って、あいつは月夜見様の肩を抱いて岸辺へと押した。

「ほら、こんなに冷えてるじゃないか」

夜刀は臆面もなく言ってのけ、月夜見様の手を取って自分の頬に押しあて、さらにはその手のひらに口づけたりする。

本当にこの男はすけこまし気質っていうか、恥《は》ずかしげもなく月夜見様を口説《くど》きやがる。

やむなく僕も二人に続き、岸辺に上がった。

夜刀の奴はさっさと濡れた服を脱ぎ、荒っぽく絞った。

そんななんてことない動きで、その肩や背中に浮いた筋肉を見て、月夜見様はうっすら頬を赤らめられる。

それにはすごくムカつくんだけど、こいつ、本当にいい身体してるっていうか、肩幅広いし、無駄肉のない実用的でバネみたいな筋肉がきれいについてるんだ。そのくせ、腰回りは絞り込んだみたいに締まってて、確かに同性から見ても格好いいんだよね。

まだ、胸まわりの厚みはそんなにないけど、これからそのへんもがっしりしてくるんだろうなっていう、男臭《くさ》い身体つき。

そんな自分を恥じるように夜刀の身体から目を逸らされた月夜見様は、身をかがめ、下帯を拾われる。

「月夜見様、こちらでよければ身体をお拭《ふ》きになってください」

僕は月夜見様がご自分の衣を濡らされることのないよう、自分の上衣を差し出した。

「それはお前の衣？　濡れてしまうではないか」

「この天気です。干しておけば、すぐに乾きます」

僕は月夜見様の背中にまわり、湯上がりの時のように腕や背中を包《くる》むように拭いて差し上げる。

「ありがとう」

月夜見様はいつものように、にっこりとやさしく礼を言ってくださる。

「どういたしまして」

月夜見様の甘い香りが移ったように思える衣を、僕がうきうきと枝に引っかけて干していると、横にあいつがやってきた。

「おい、エロガキ」

夜刀が忌々しげに呟いた。

「調子に乗るなよ」

「言っちゃなんですが…」

僕は目の端に夜刀を睨んだ。

「私と月夜見様とのつきあいは、あなたよりもずっと長いですから」

ふん、と僕はそっぽを向いてやった。

「やっぱりな」

夜刀は顎を上げた。

「お前は前から月夜見に対して、何か下心があるんじゃないかと思ってたんだ」

正体あらわしたな、と夜刀は口許は笑ってはいるものの、たちまち物騒な気配を漂わせる。目が笑ってないよ、こいつ…。

「下心って何ですか？　私はあなたのようなケダモノとは違うんで、よくわかりません」

「何言ってんだ、兎のふりして月夜見にベタベタひっつきやがって」

「兎のふりしてって、僕はもともと兎なんです。月夜見様に人の形にしていただいただけで」

「本当にああ言えばこうと、口の減らないガキになったもんだ」

見てろよ、と奴は本当に大人げのない捨て台詞を吐き、月夜見様のもとへと行った。

肩に上の衣を引っかけ、岩の上で湿った肌を日にさらして乾かしていらっしゃる月夜見様の横に行き、夜刀は親しげに肩に腕をまわした。

月夜見様の額のあたりにこれ見よがしに唇を押しつけちゃったりして、本当にムカつく男だ…。

ちらりとこちらを見る目が、すっごく優越感に満ち満ちてる。

あの野郎…。

「ちょっと、夜刀…」

月夜見様が執拗《しつよう》に髪を撫でたり、首や肩まわりを撫でる男の胸を押しやり、諫《いさ》めた。

「ああ」

あの野郎が低い声で答えてるけど、すっごいエロモードになってる。

あいつ、何、こんな人に見せつけるような趣味もあるんだ。最低、最悪っ！

僕が歯噛みしているうちに、あいつは月夜見様が肩に引っかけた上の衣の下にするりと手を忍ばせ、白い胸元を撫で回す。

最初は戯《たわむ》れかかるような、くすぐるような手つきだったけど、目が本気だ。

あ、あいつ！　いやらしい指使いしやがって！

ちょっと月夜見様っ、乳首勃ってるっ。嘘《うそ》、あんな可愛い色でツンと尖って…。

うわぁ…、と僕は食い入るように、男に弄《もてあそ》ばれる月夜見様の姿を見てしまった。

けなげに背伸びして、夜刀の指の間で揉《も》まれてよじれている。

一緒に揉み込まれている鴇《とき》色だった乳暈も赤く染まってふっくらと膨れたようになっている。

う…、と僕は思わず前屈みになる。

「やめろ、夜刀」

懸命に夜刀の手を押しやろうとする月夜見様が、ちらりと僕を気にかけるのがわかる。

悩ましく寄せられた細い眉、反らされた白い喉許《のどもと》、背中から抱きすくめられた白い身体、すべてが信じられないぐらいに色っぽい。

「あいつもそろそろ、こういうことがわかるような歳になってきたんだって」

「あ…、だからって…、やめろ…っ」

背後から腰をぴったりと重ね合わされ、華奢な月夜見様はあいつの腕の中で逃げることも出来ずに、ひたすら身をよじっていらっしゃる。

「…因幡、向こうへ…」

月夜見様は必死な様子で、喉から声を絞り出した。

「すみませんっ」

その悲痛な声に込められた月夜見様のお気持ちを思うと、僕はそれ以上、そこにはいられず、釣り竿を持って立ち上がった。

馬鹿、馬鹿、こんなところで月夜見様のお気持ちをお察ししてしまう、僕の馬鹿っ。

わからないふりで、最後まで見ててもいいのに、月夜見様の感じられる恥ずかしさやお苦しみを思うと、とても目を向けられない。

「向こうで魚釣ってきますからっ」

ちっくしょう、あの男め。

釣りに来たっていうなら、さっさと魚釣れよ！　さっきから、これっぽっちも釣り道具に触ってないじゃないか！

僕は憤慨しながら、夜刀が放り出したままの釣り道具を拾い上げ、ひたすらに走った。

くっそう、あのスケベで露出狂の変態強姦《ごうかん》野郎に災いあれ！

僕は血が集まってずくずく疼《うず》いてしまうものを、前屈みになって押さえながら、あいつを呪った。

●因幡彦／キャラクターラフより

LYNX ROMANCE

オオカミの言《い》い分《ぶん》

かわい有美子

illust.高峰顕

本体価格
870円+税

弁護士事務所で居候弁護士をしている、単純で明るい性格の高岸。隣の事務所のイケメン弁護士・末國からなにかと構われ、ちょっかいをかけられていたが、ニブちんの高岸は末國から送られる秋波に全く気づかずにいた。そんなある日、同期から末國がゲイだという噂を聞かされた高岸は、ニブいながらも末國のことを意識するようになる。しかし、警戒しているにもかかわらず、酔った勢いでお持ち帰りされてしまい——。

LYNX ROMANCE

天使《てんし》のささやき 2

かわい有美子

illust.蓮川愛

本体価格
855円+税

警視庁警護課でSPとして勤務する名田は、同じくSPの峯神とめでたく恋人同士となる。二人きりの旅行やデートに誘われ、くすぐったくも嬉しく思う名田。しかし、以前からかかわっている事件は未だ解決が見えず、名田はSPとしての仕事に自分が向いているのか悩んでいた。そんな中、名田が確保した議員秘書の矢崎が不審な自殺を遂げる。ますますきな臭くなる中、名田たちは引き続き行われる国際会議に厳戒態勢で臨むが…。

LYNX ROMANCE

天使《てんし》のささやき

かわい有美子

illust.蓮川愛

本体価格
855円+税

レーモスよりエイドレア辺境地に赴任しているカレル。三十歳前後の見た目に反し、実年齢は百歳を超えるカレルだが、レーモス人が四、五百年は生きる中、病気のため治療を受け続けながら残り少ない余命を淡々と過ごしていた。そんなある日、内陸部の市場で剣闘士として売られていた少年を気まぐれで買い取る。ユーリスと名前を与え、教育や作法を躾けるが、次第に成長し、全身で自分を求めてくる彼に対し徐々に愛情が芽生え…。

LYNX ROMANCE

銀《ぎん》の雫《しずく》の降《ふ》る都《みやこ》

かわい有美子

illust.葛西リカコ

本体価格
855円+税

レーモスよりエイドレア辺境地に赴任しているカレル。三十歳前後の見た目に反し、実年齢は百歳を超えるカレルだが、レーモス人が四、五百年は生きる中、病気のため治療を受け続けながら残り少ない余命を淡々と過ごしていた。そんなある日、内陸部の市場で剣闘士として売られていた少年を気まぐれで買い取る。ユーリスと名前を与え、教育や作法を躾けるが、次第に成長し、全身で自分を求めてくる彼に対し徐々に愛情が芽生え…。

LYNX ROMANCE

Zwei《ツヴァイ》

かわい有美子

illust. やまがたさとみ

本体価格
855円+税

捜査一課から飛ばされ、さらに内部調査を命じられてやさぐれていた山下は、ある事件で検事となった高校の同級生・須和と再会する。彼は、昔よりも冴えないくすんだ印象になっていた。高校時代に想い合っていた二人は自然と抱き合うようになるが、自らの腕の中でまるで羽化するように綺麗になっていく須和を目の当たりにし、山下は惹かれていく。二人の距離は徐々に縮まっていく中、須和が地方へと異動になることが決まり…。

LYNX ROMANCE

甘《あま》い水《みず》 2

かわい有美子

illust. 北上れん

本体価格
855円+税

SIT──警視庁特殊班捜査係に所属する遠藤は、一期下である神宮寺に告白され、同僚以上恋人未満の関係を続けていた。母を亡くした際の後悔から、自分が自ら生きることも死ぬことも選べなくなった時には、生命維持装置を止めて欲しいと考えていた。そしてその役目を神宮寺に託したいと、次第に思うようになる。そんな中、鄙びた旅館で人質立てこもり事件が起こり、遠藤たちは現場へ急行するが…。

LYNX ROMANCE

甘《あま》い水《みず》

かわい有美子

illust. 北上れん

本体価格
855円+税

SITと呼ばれる警視庁特殊班捜査係に所属する遠藤は、新たに配属されてきた神宮寺のことが気に食わなかった。かつてSATにいた頃、一年下の彼に馬鹿にされたことがあり、嫌われていると思っていたからだ。しかし神宮寺は何かと自分に近づき、挙句突然キスをしてきた。戸惑い悩む中、誘拐事件が起こり、神宮寺と行動することになってしまう。話をし、嫌われている訳ではないと知った遠藤は、徐々に彼に気を許し始めるが…。

LYNX ROMANCE

天《てん》国《ごく》より野《や》蛮《ばん》

かわい有美子

illust. 緒田涼歌

本体価格
855円+税

永劫の寿命を持つ堕天使で高位悪魔であるオスカーは、永く退屈な時間の中、暇を持て余していた。ある日、下級淫魔のロジャーが、一人の美しい神学生をつけ狙っているところに遭遇する。ほんの気まぐれに興味を覚えたオスカーは、人間のふりをしてその神学生・セシルに近づくが、すべてを諦観した彼はいっこうに心を明け渡さなかった。徐々にセシルに惹かれていくオスカーは、彼と共に生きたいと願うようになるが…。

LYNX ROMANCE

人《ひと》でなしの恋《こい》

かわい有美子　illust. 金ひかる

本体価格
855円+税

青山の同潤会アパートに居を構える仁科は、伝奇小説や幻想小説などを主軸とした恋愛小説を書き、生計を立てていた。独特の色香を持つ仁科は、第一高等学校時代に仲の良かった友人二人に、異なる愛情を抱いている。無垢な黒木には庇護欲と愛おしみ、懐深く穏やかな花房にはせつない恋慕と情欲を。しかし、仁科は黒木に内緒で、花房とひそやかな逢瀬を重ねていた。そんなある日、花房とじゃれあう現場を彼に見られてしまい…。

LYNX ROMANCE

夢《ゆめ》にも逢《あ》いみん

かわい有美子　illust. あじみね朔生

本体価格
855円+税

東宮となるはずが、策略により世から忘れ去られようとしていた美しい宮は、忠誠を捧げてすべてを与えようとしてくれる涼やかな容貌の公達・尉惟に一途な恋慕を抱いていた。だが、独占しつくさんとする尉惟の恋着ゆえの行いに、自分が野心のために利用されているのではないかという暗い疑念がきざす。恋しく切なくも、その恋しい男が信じられない―。濃密な交わりで肌を重ねてもなお、狂おしい想いを持て余す宮は…。

LYNX ROMANCE

レイジーガーディアン

水壬楓子　illust. 山岸ほくと

本体価格
870円+税

わずか五歳で天涯孤独の身となった黒江は、生きるすべなく森をさまよっていた時にクマのゲイルに出会い、助けられる。守護獣であるゲイルの主は王族の一員である高視で、その屋敷に引き取られた黒江は高視を恩人として慕い、今では執事的な役割を担っている。実はほのかにゲイルに恋心を抱いていた黒江だが、日がな一日中怠惰な彼に対し小言を並べ叱ることで自分の気持ちをごまかしていた。そんな折、ある事件が起こり…。

LYNX ROMANCE

百日《ひゃくにち》の騎士《きし》

剛しいら　illust. 亜樹良のりかず

本体価格
870円+税

大学生の寿音は、旅行中、突然西洋甲冑を着た大男と出会う。言葉も通じない男を見捨てられずに、家に連れ帰った寿音。わずかばかり聞き取れる彼のラテン語らしき言葉から分かったのは、ランスロットという名前と、彼が円卓の騎士の一人で魔術師により異世界に飛ばされてしまったという内容だった。百日経てば元の世界に帰れるという彼の言い分に、半信半疑ながらも一緒に過ごすうち、紳士的な彼の内面徐々に惹かれていき…。

LYNX ROMANCE

双龍《そうりゅう》に月下《げっか》の契《ちぎ》り

深月ハルカ　illust.絵歩

本体価格
870円＋税

天空に住まう王を支え、特異な力で国を守る者たち・五葉。次期五葉候補として下界に生まれた羽流は、自分の素性を知らず、覚醒の兆しもないまま、天真爛漫に暮らしていた。そんな折、羽流のもとに国王崩御の知らせが届く。それを機に、新国王・海燕が下界に降り立つことに。羽流は秀麗かつ屈強な海燕に強い憧れを抱き、「殿下の役に立ちたい！」と切に願うようになる。しかし、ついに最後の五葉候補が覚醒してしまい――？

LYNX ROMANCE

たとえ初《はじ》めての恋《こい》が終《お》わっても

バーバラ片桐　illust.高座朗

本体価格
870円＋税

戦後の闇市。お人好しの稔は、闇市を取り仕切るヤクザの世話になりながら生活していた。ある日、稔はGHQの大尉・ハラダと出会い、親切にしてくれる彼に徐々に惹かれていく。そんな中、闇市に匿われていた戦犯・武田がGHQに捕らわれ、そのことで、ハラダが稔に親切にしてくれていたのは、武田を捕らえる目的だったことを知る。それでも恋心が捨てきれない稔は、死ぬ前にもう一度ハラダに会いたいと願うが…。

LYNX ROMANCE

硝子《ガラス》細工《ざいく》の爪《つめ》

きたざわ尋子　illust.雨澄ノカ

本体価格
870円＋税

旧家の一族である宏海は、自分の持つ不思議な『力』が人を傷つけることを知って以来、いつしか心を閉ざして過ごしてきた。だがそんなある日、宏海の前に本家の次男・隆衛が現れる。誰もが自分を避けるなか、力を怖がらず接してくる隆衛を不思議に思いながらも、少しずつ心を開いていく宏海。人の温もりに慣れない宏海は、甘やかしてくれる隆衛に戸惑いを覚えつつも惹かれていき…。

LYNX ROMANCE

月狼《げつろう》の眠《ねむ》る国《くに》

朝霞月子　illust.香咲

本体価格
870円＋税

ヴィダ公国第四公子のラクテは、幻の月狼が今も住まうという最北の大国・エクルトの王立学院に留学することになった。しかし、なんの手違いか后として後宮に案内されてしまう。そんなある日、敷地内を散策していたラクテは伝説の月狼と出会う。神秘の存在に心躍らせ、月狼と逢瀬を重ねるラクテ。そしてある晩月狼を追う途中で、同じ色の髪を持つ謎の男と出会うのだが、後になって実はその男がエクルト国王だと分かり…？

LYNX ROMANCE

狐《きつね》が嫁入《よめい》り

茜花らら　illust. 陵クミコ

本体価格
870円+税

大学生の八雲の前に突如、妖怪が現れる。友人が妖怪に捕らわれそうになり、八雲が母から持たされたお守りを握りしめると、耳元で『私の名前をお呼びください』と囁く男の声が…。頭の中に浮かんだ名を口にすると、銀色の髪をした美貌の男が現れ、八雲を助け消えてしまった。白昼夢でも見たのかと思っていた八雲だが、翌朝手のひらサイズの白い狐が現れ『自分はあなたの忠実な下僕』だと言い出して――。

LYNX ROMANCE

シークレット ガーディアン

水壬楓子　illust. サマミヤアカザ

本体価格
870円+税

北方五都とよばれる地方で最も高い権勢を誇る月都。王族はそれぞれの守護獣を持っていて、第一皇子の千弦には破格の守護獣・ペガサスのルナがついていた。そのうえ、自らが身辺警護に取り立てた男・牙軌が常に付き従っている。寡黙で明鏡止水のごとき牙軌に対し、千弦は無自覚に恋心を抱いていたが、つまらない嫉妬から牙軌を辺境の地へ遠ざけてしまう。その頃、盗賊団によって王宮を襲撃するという計画がたてられており…。

LYNX ROMANCE

ゆるふわ王子《おうじ》の恋《こい》もよう

妃川螢　illust. 高宮東

本体価格
870円+税

見た目は極上、芸術や音楽には天賦の才を見せ、運動神経は抜群。でも頭の中身はからっぽのザンネンなオバカちゃん。そんな西脇円華は、大学入学前の春休みにバリのリゾートホテルで余暇をすごすことに。そこで小学生の頃、一緒に遊んだスウェーデン人のユーリと再会する。鈍感な円華は高貴な美貌の青年がユーリだと気づくことが出来ず怒らせてしまう。それにもめげず無自覚な恋心を抱いた円華は無邪気にアプローチし続けて…。

LYNX ROMANCE

ファーストエッグ 2

谷崎泉　illust. 麻生海

本体価格
900円+税

警視庁捜査一課でもお荷物扱いとなっている特命捜査対策室五係。中でも佐竹は、気怠げな態度と自分本位な捜査が目立つ問題刑事だった。その上、佐竹は元暴力団幹部で高級料亭主人の高御堂と同棲している…。端正な顔立ちと、有無を言わさぬ硬い空気を持った高御堂とは、快楽を求めあうだけの、心を伴わない身体だけの関係だった。そんな中『月岡事件』を模倣した連続事件が発生し、更に犯人の脅迫は佐竹自身にも及び…?

この本を読んでのご意見・ご感想をお寄せ下さい。
〒151-0051
東京都渋谷区千駄ヶ谷4-9-7
(株)幻冬舎コミックス　リンクス編集部
「かわい有美子《ゆみこ》先生」係／「カゼキショウ先生」係

リンクス ロマンス

微睡の月の皇子

2014年8月31日　第1刷発行

著者……………かわい有美子《ゆみこ》
発行人…………伊藤嘉彦
発行元…………株式会社　幻冬舎コミックス
〒151-0051　東京都渋谷区千駄ヶ谷4-9-7
TEL 03-5411-6431（編集）
発売元…………株式会社　幻冬舎
〒151-0051　東京都渋谷区千駄ヶ谷4-9-7
TEL 03-5411-6222（営業）
振替00120-8-767643
印刷・製本所…株式会社　光邦
検印廃止

ISBN978-4-344-83202-2　C0293
Printed in Japan

幻冬舎コミックスホームページ　http://www.gentosha-comics.net